— 書き下ろし長編官能小説 —

蜜濡れ里がえり

伊吹功二

竹書房ラブロマン文庫

目次

この作品は、竹書房ラブロマン文庫のために
書き下ろされたものです。

第一章　隣のお姉さんの筆下ろし

居酒屋は酔った学生たちで賑《にぎ》わっていた。この日は学園祭の打ち上げで、自主制作映画の成功に参加者全員が異様な昂《たか》ぶりを感じていた。

津川健児《つがわけんじ》もそのひとりだった。一浪してまでメディア学科のある大学に入ったのも、こうした経験――チーム一丸となって物作りをすること――がしたかったからだ。たとえ彼自身の役割が雑用係だったとしても、一本の映像作品の立ち上げから完成まで携《たずさ》われただけでも、十分な経験ができたと思っている。

「津川くん？　津川くんだったよね、たしか」

だからトイレ前で主演女優の彩《あや》に話しかけられたときは、少し意外だった。

「え。なんで……？」

「津川くんでしょ。ちがうの？」

「いや、そうだけど」

互いに酔っているためか、チグハグな会話になる。

特に彩のほうは、上手《うま》くろれつが回っていなかった。

「知ってるよぉ、同じゼミに出てたじゃん。あれ、ほら――」

「あー、コンテンツ表現の……」

「それー。あーん、酔っちゃったみたい」

彼女は楽しそうに言うと、脚をもつれさせ、健児にしなだれかかってきた。

健児の鼻にふわりと甘い香りが漂《ただよ》ってくる。

「大丈夫？　だいぶ酔ってるみたいだけど」

「だから酔っちゃったって言ってんじゃん」

文句を言いながらも、やっと安心したというように頭をもたせかけてくる。

健児はどうしていいか分からなかった。女の子を胸に抱くなど、これまで経験したことがなかったからだ。しかも、相手は学生映画とはいえ、主演女優に抜擢《ばってき》されるほどの娘だ。誰から見ても美人の部類に入る。

「なんだか……気持ち悪くなってきちゃった……」

ふいに彩が言い出した。これはマズイと感じた健児はとっさに迷う。連れて行くべきは男子トイレか、それとも女子トイレだろうか。

だが、迷っている暇などなかった。

「ヤバイ、吐いちゃう」

「待って。今、個室に連れて行くから」

慌てて飛び込んだのは、女子トイレだった。男子トイレに彼女を入れさせるのは気が引けたのだ。

幸い先客はなかった。

「もう大丈夫だよ。楽にして」

健児は個室のドアを開けたまま、女優の背中を擦《こす》ってあげる。

ところが、彩は一向に吐く様子はない。それどころか、中腰だった姿勢からおもむろに起き上がり、振り向きざま抱きついてきたのだ。

「なーんちゃって。わたし、お酒強いから」

「え。大丈夫だったの」

「ちょっと目が回ったのはホント。でも、気持ち悪いっていうのはウソ」

「なんだ、よかった……。けど、なんでそんなこと――」

健児はからかわれたことへの怒りより、彼女が平気だったと知りホッとした。

だが、彼女の口調はますます妖しさを増していく。

「あーん、津川くん優しい。好きになっちゃいそう」

彩はそう言いながら、いきなり首筋に吸いついてきた。

「あっ。ちょっ……どうしたの、突然」

「んふう。ふたりっきりだね」

慌てる健児だが、振りほどく勇気はない。女子に吸いつかれるなど生まれて初めてだった。ゾクッとする愉悦《ゆえつ》が股間へと血流を集める。

鼻をくすぐる女の髪からいい匂いがした。

「ふうっ、ふうっ」

「健児くん、気持ちいいの？　あーん、わたしも興奮してきちゃった」

彼女は言うと、ようやく首筋から離れたが、今度は真っ正面に顔を側寄《そばよ》せてくる。

「いや、俺……その……」

健児はどうしていいか分からず、ドギマギするだけだった。

「チューしよ」

「えっ!?」

「んん……」

丸くすぼめた唇が近づいてきた。女子大生の唇だ。否《いな》、彼自身も学生だったが、こんな場面があろうとは夢想だにしていなかった。

気付けばしっとりと濡れた唇が重なっていた。

「んふぅ……」

彩は甘い息を漏《も》らし、歯の間から舌を伸ばしてくる。

驚いたのは健児のほうだ。ぬるっとした粘膜の感触にリビドーが刺激される。

「ふぁう……レロ……」

彼女の吐く息さえ甘く感じられた。彼は夢中で女の舌を吸い、自分も舌を突き入れて華奢《きやしや》な顎の形を確かめた。

酔った勢いかどうかなど関係なかった。あるのは突き上げるような、性急な欲望だけだった。初めてのキスは、童貞から理性など奪ってしまう。

しかし、主演女優の欲求はそれで終わらない。

「ねえ、健児くんはどれくらい興奮してるの」

上目遣いで言いながら、彩は彼のズボンに手を突っ込んできた。

衝撃が健児を襲う。

「はうっ……いきなり。うう……」

「あは。すごいビンビン」

下着の中で肉棒はいきり立っていた。彼女はそれを逆手《さかて》に握り、こともあろうにゆっくり扱《しご》き始めたのだ。

たまらず健児は呻《うめ》き声を上げた。

「うはあっ、ヤバ……ちょっ。ダメだって」

「なんでー？　いいじゃん。シコシコしたら、気持ちいいでしょ」

彩は彼の喘《あえ》ぐ様子をうれしそうに眺め、手淫《しゆいん》を続けた。

「ハアッ、ハアッ。マズいよ、このままだと──」

「津川くん、エロい顔してるよ。オチ×チンもビチョビチョ」

「ああ、だって……うう……」

オナニーでは得られない快楽が健児から思考を奪う。お互い酔っているのだ。このままセックスしても、咎《とが》める者はいないはずだ。

しかし、彼は童貞だった。突発的なチャンスに応じるスキルなどない。

「ねえ、オチ×チンがヒクヒクしてきたよ」

その上、彼女は耳元で淫語を囁き、扱くスピードを上げてきたのだ。

欲望を律する力など、彼にはもう残っていなかった。

「──ああっ、ダメだ出るっ」

「あっ……」

　気付けば、パンツの中に全部出していた。快楽は凄まじく、まるで身体が爆発したかのようだった。

　彩も精液塗《まみ》れになった自分の手を見て、少し我に返ったらしかった。

「あー。えーと、いっぱい出たね……」

「ごめん。なんか……」

「ううん、いいよ。わたしが誘ったんだもん」

「じゃあ、このことは――」

「ふたりだけの秘密。津川くんも言わないでね」

「うん。そうする」


　あれから一年経《た》った。主演女優の彩とはその後、見事に何もなく過ごしてしまい、このままいけば、健児は童貞のまま卒業を迎えることになる。打ち上げでのことは、学生生活において唯一のいい思い出になりそうだった。

　しかし、気がかりなのはそれだけではない。学生にとって重大な関心事と言えば、やはり就職のことだ。

結果から言えば、健児の場合、運良く内定は出た。だが、問題はその就職先だ。第一志望だった広告関連企業は全滅だったのだ。内定が出たのは、第二志望の旅行会社だけだった。

もともと、健児は広告が作りたかった。そのために一浪までしてメディア学科に通ったのだ。しかし、旅行会社では必ずしも広報部に配属されるとは限らない。むしろ新人などは支店の営業部に回される公算も高い。

（大学だって一浪したんだ。就職も、もう一年待とうか……）

気持ちを腐らせてしまい、内定辞退すら考えていた。

ところがそんな折、健児は九州の宮崎に行かねばならなくなった。そこで独り暮らししている祖父が、急遽入院したのだ。

しばらくの間、誰かが留守番をしつつ老人の世話をしなくてはならないが、親族で手の空いている者がいない。結局、あとは卒業を待つだけで時間のある健児に白羽の矢が立ったというわけだった。

連絡を受けて数日後、健児は羽田から飛行機で宮崎へ向かった。一時間二十分ほどの、あっという間の空の旅だ。だが、そこからバスに乗り、祖父の住む郊外に着くには、さらに二時間ほどかかった。

「ふうっ。やっと着いた」

宮崎は、健児も中学卒業まで暮らしていた。父の仕事の都合で東京に越してからは、たまの盆暮れに訪れるだけで、今回のようにゆっくりするのは久しぶりだ。懐かしい風景に思わず深呼吸する。

「とりあえず、爺ちゃんの顔でも見に行くか」

聞いた話では、祖父の命に別状はないらしい。それでも独りぼっちでは何かと心細いことだろう。親戚代表の任を帯びた健児は早速病院へと向かう。

「おー、健児か。まっこて、よう来よったが」

「爺ちゃん。大丈夫か？」

祖父は思いのほか元気そうだった。まだ二週間は安静にする必要があるというが、食事も普通に摂《と》っているとのことで、健児もホッと胸をなで下ろした。

「そういや健児も、もう大学生やったな。元気にしちょっとか」

「うん、今年で卒業する予定」

「おー、もう卒業か。そら目出度い。仕事ば、決まったんね」

「まあ、ね」

健児は言葉を濁したが、祖父は深く追及しなかった。

「またちょくちょく寄るから、欲しいものがあったら言ってね」

「この年になったら、欲しいもんなんかもうなか。病院にもちょくちょく来んでよかけん、健児は久しぶりの宮崎で遊んでいったらよか」

祖父は孫の顔を見られて満足したのか、それだけ言うと「もう帰れ」とばかりに健児を追い返した。

「また来るよ」

やむなく健児もそう言って病室を後にする。顔には出さなかったが、祖父の言葉にはどこか孫の迷いを察しているような気遣いが感じられた。


その夜、健児は久しぶりの生家で寛《くつろ》いでいた。かつては祖父母と両親および彼の五人で暮らしていた家だ。ひとりきりでは広すぎる気がする。

「爺ちゃんも寂《さび》しいのかもな」

祖母が他界したのは、健児が七歳の時だ。とにかく優しい祖母だった。当時は彼も幼く、祖母の死が理解できなかったが、今思うと、連れ合いを失った祖父はその頃から急に老け込んだようにも思う。

昼の温気《うんき》はまだ残っていたが、健児は窓を全開にして外気を取り込んでいた。懐かしい宮崎の夜だった。

そのとき玄関に人の訪ねる音がした。

「こんばんは。黒木《くろき》ですけど、誰かいよっと？」

声で隣家の菜々実《ななみ》だとすぐに分かった。健児より五歳年上の、黒木家の長女である。

「はーい、今出ます」

返事をして玄関に向かうと、やはり彼女だ。しかしスーツ姿の菜々実は、記憶にあるよりずっと大人びているように見えた。

菜々実も同じことを思ったようだ。

「えーっ、健ちゃん？　てげ大人になっちょっとかい、一瞬誰や分からんかった」

「お久しぶりです」

妙な気恥ずかしさから、健児は敬語になってしまう。

一方、菜々実はすでに靴を脱ぎかけていた。

「へえ、親戚の人が来る言うちょったけん、小父《おじ》さんか小母《おば》さんかと思っとったけど、健ちゃんやったんやね」

「ええ、学生で暇なもんで」

健児の堅苦しさが抜けないうちに、菜々実はもう玄関を上がっている。

「……あ、どうぞ。今、冷たいお茶を淹《い》れますから」

「そんなんよかよ。大事な話があるっちゃけん」

健児は何事だろう、と思いながら、慌てて居間に案内する。

菜々実は卓袱台《ちゃぶだい》の対面ではなく、彼の座った角隣りに腰を下ろした。

「早速なんやけど、爺ちゃんの保険金の話があるんよ」

「はあ……」

不可解そうな健児の顔を見て、菜々実は思い出したように言う。

「ああ、そやった。わたしな、今生保レディしとるんよ。そんで爺ちゃんにも入ってもらっとったけん、入院費なんかが下りる手続きせんといかんのよ」

ここでようやく健児にも合点がいった。彼が知る菜々実は学生だったが、いまや社会人なのだ。当たり前かもしれないが、つくづく時の流れを感じる。

「それでな、いろいろ書類があるっちゃけん、先に健ちゃんにも確認しておいてほしいんよ」

「いいですけど、僕なんかで分かるかなあ」

「最終的には爺ちゃんにサインもらうんやけど、一応な」

菜々実はそう前置きすると、保険の細々《こまごま》した説明を始めた。

しかし、健児は説明をほとんど聞いていなかった。大人になった菜々実に見とれていたのだ。

かつて健児は菜々実に淡い憧れを抱いていた。当時彼は中学生で、黒木家の長女はすでに二十歳を迎える頃だった。五歳の年齢差は大きく、彼にとって菜々実は「隣の綺麗《きれい》なお姉さん」だったのだ。

「この添付書類に関しては、お医者さんに頼んでもらって――」

淀みなく保険の説明をする菜々実。熱が入りすぎるのか、ときおり前屈みになるために、ブラウスの襟元《えりもと》から胸の谷間が見え隠れする。

さらに彼女が脚を崩したとき、タイトスカートの裾が持ち上がり、パンストに包まれた太腿が付け根のほうまで露《あら》わになった。

(相変わらず綺麗だな)

二十八になった隣家の長女は、まさに今が女の盛りだった。顔の化粧が汗で多少浮いているのも、働く女性らしくて魅力的だ。

気付くと健児は欲情していた。同時に、初めて菜々実に性欲を抱いた中学生の頃を思い出していた――。

十四歳の頃の健児は欲望を持て余していた。オナニーを覚えたのは中一の時。見るもの全てが性欲の対象になる年頃だった。

しかし、祖父と両親のいる実家では、人目を盗んで自慰するのが難しい。そこで彼は夜な夜な外に出かけ、自分だけの「オナニー部屋」に入り浸《びた》ったのだ。

その晩も、健児は自転車でいつもの場所へ向かった。

「オナニー部屋」にしていた近所の無人の納屋《なや》には、オカズにするエロ本も隠してあった。自販機でコッソリ買い集めた珠玉のコレクションだ。この日は少し趣向を変えて、あえてヌードではないアイドルのグラビアで一発抜いた。

スッキリした健児は、再び自転車に乗って家に帰ろうとしたが、その途中で絶好の場面に遭遇してしまったのだ。

津川家と隣の黒木家は二十メートルほど離れている。田畑が多い地域では普通だが、周囲に家がないため、外からでも家内の動静が見てとれた。

健児が目にしたのは、黒木家の浴室だった。特に街灯《がいとう》も少ない夜には、入浴している者がいるとすぐに分かる。

(誰だろう……)

彼は自転車を置いて、隣家の裏手に忍び寄る。すでに時刻は十時を回っていた。こんな時間に入浴するのは、長女の菜々実しか考えられない。

性に目覚め始めた年頃だ。年の離れた隣家のお姉さんは、中学生の健児にとって恰好のオカズだった。しかし、これまでは想像でヌクばかりだった。裸を見る絶好のチャンスを逃すわけにはいかない。

喉《のど》がカラカラだった。胸は異様に高鳴り、歩む脚はガクガク震えた。

（菜々実お姉ちゃんの裸が見られる——）

浴室は換気扇が付いておらず、黒木家の者は小窓を開けて入浴するのが常だった。健児が近づくにつれ、窓から立ち上る湯気の向こうに、人影が蠢《うごめ》いているのが見えてくる。

人影の髪は長く、鼻歌を歌っていた。

（菜々実お姉ちゃんだ）

心臓が口から飛び出しそうだった。まさに菜々実が、覗《のぞ》かれているとも知らず、一日の汚れを流しているところだった。

しかし、さすがに窓際までは近づけない。健児は少し離れた木陰に身を隠し、夜陰と湯気を透かし見るように、四角に区切られたフレームを凝視した。

菜々実は相変わらず気持ちよさそうにシャワーを浴びている。

（あっ、オッパイ）

うねる肢体が角度を変えたとき、ぷりんとした膨《ふく》らみが垣間見えた。初めて生で見る乳房は水流を浴び、キラキラと輝いていた。

（すげえ。本物のオッパイだ）

目は釘付けだった。無意識のうちに股間を握っていた。さっきオナ部屋で抜いたばかりだが、陰茎はすでにはち切れそうなほど勃起《ぼっき》している。

菜々実とは、幼い頃にはよく遊んでもらったものだ。健児も、「お姉ちゃん、お姉ちゃん」と言って後にくっついていた。

しかし、小学校も高学年になると、パタリと行き来がなくなった。菜々実は菜々実で思春期を迎え、同じ年頃の友人達とばかり遊ぶようになり、健児も異性を意識するようになったからだ。

その絶妙な距離感が、健児の愉悦をさらに高めた。かつては姉弟のように慣れ親しんだ相手を性欲の対象とする背徳感が、中学生の彼には刺激的だった。

「ハアッ、ハアッ」

ついに彼はパンツを膝まで下ろし、本格的に扱《しご》いていた。

かたや菜々実は、惜しげもなく二十歳の裸身を晒《さら》している。自分の体が輝ける宝物と承知しているかのごとく、隅々《すみずみ》まで丁寧に泡で撫でさするのだった。

惜しむらくは小窓が狭く、下半身までは見えないことだが、そこは持ち前の想像力で補った。ピンク色の乳首を目に焼き付けられただけで、一生分のオカズを手に入れたようなものだった。

「ハアッ、ハアッ、ハアッ。ああ……」

肉棒は今にも腹にくっつきそうだった。セックスしたい、あの裸を思う存分弄《いじ》り回したい。遠い憧れと切迫する欲望が、盛んに射精を促《うなが》してくる。

そして、そのときはきた。

「ハアッ、ハアッ……うはあっ」

勢いよく飛び出した精液は、生け垣の葉に降り注《そそ》いだ。あまりの気持ちよさに、射精の瞬間は思わず呻き声を上げてしまった。

すると、浴室の菜々実が慌てる様子を見せた。

「誰っ？　誰かおんの」

（ヤバッ……）

バレたのか。焦《あせ》った健児は一気に血の気が引く。ここで捕まったら、一生近所の笑いものだ。彼は慌ててズボンを穿《は》き、音を立てないように敷地を離れた。

「――保険の話はこんなところやな。後は爺ちゃんにも話しとくかい」

「あ……はあ、分かりました」

説明が終わったようだ。健児もようやく物思いから我に返る。

菜々実も事務的な話を終えてホッとしたのか、気持ちを切り替えるように膝を叩く。

「これで面倒な話はおしまい。お茶でも淹《い》れるね」

そう言って席を立つと、そそくさと台所に向かった。勝手知ったる他人の家、というところだ。東京ではあり得ないが、隣近所で遠慮のない田舎《いなか》では、ごく普通のことだった。

「すいません。助かります」

健児も、そんな懐かしさを覚えながら甘えることにする。

台所で茶器の音を立てながら、菜々実は世間話をした。

「思ったより元気そうで安心したわ」

「はあ。僕もさっき会って、ホッとしたところです」

「看護師さん達の人気者なんよ、爺ちゃん」

「そうなんですか」

換気扇が回り、薬缶《やかん》で湯を沸かす音がする。

健児は台所へ通じる開き戸に背を向けて座っていた。

菜々実がふとため息交じりに言う。

「あー、九月も半ばやていうのに暑いなあ」

「……あ、すいません。クーラーつけてなくて」

「ううん、よかよ。自然の風が気持ちよかっちゃけん」

「ええ」

「パンストだけ脱いじゃお」

最後のセリフは独り言だった。それとも、わざと聞かせるように言ったのだろうか。

健児の脳裏に中学時代の出来事がよぎる。

(菜々実お姉ちゃん——)

耳を澄ませると、ゴソゴソと衣擦《きぬず》れの音が聞こえる気がする。

健児は生唾《なまつば》を飲み、そうっと姿勢を変えて台所を窺《うかが》った。

すると運のいいことに、菜々実は後ろを向いていた。腰を曲げて、ちょうどパンストを太腿辺りまで下ろしたところだ。

「うう……」

股間が重苦しさを訴えてくる。健児は危険な覗きを続けた。

菜々実はパンストを器用にクルクル巻き下ろしていく。その手が膝の辺りまで至ったとき、スカートの後ろ側がめくれ上がり、太腿が付け根まで垣間見えた。というより、ほとんどもう尻の丸みが見えている。健児の目は釘付けになった。

しかし、まもなく見物《みもの》は終わってしまった。菜々実は足首からパンストを抜き去ると、小さく丸めて台所の隅に置いたのである。

ちょうどそのとき湯が沸いた。健児は慌てて元の姿勢に戻った。

「お待たせ。うーん、やっぱこっちの部屋のほうが風が涼しかね」

「すいません。全部やらせちゃって」

取り繕《つくろ》う健児だが、心臓はまだドキドキしたままだった。

菜々実はまた元の席に戻り、急須《きゅうす》で二人分の茶を淹れる。

「ところで健ちゃんはどうなん？　大学も卒業する頃やろ」

「ええ。今年卒業する予定です」

就職の話が出たら面倒だな。憂鬱なことを思い出し、火のつきかけた欲情に冷や水を浴びせかけられる。

だが、菜々実の話は過去へと向かった。

「懐かしいな。子供の頃は、健ちゃんともよく遊んだね」

「その節はお世話になりました」

健児のかしこまった挨拶に、菜々実は朗《ほが》らかに笑った。

「なんや、健ちゃんすっかり東京の人になりようと。つやつけちょってからに」

「え。いや、別に格好をつけてるわけでは……」

「隣の姉ちゃんのことなんか、もうすっかり忘れよったと？」

「とんでもない。菜々実……さんのことは覚えていますよ」

ドギマギする健児に対し、菜々実はからかうような笑みを浮かべて見つめる。

「本当？　けど、『さん』はなかやろ。昔みたいに『菜々実お姉ちゃん』でよかっちゃろが」

困った健児は盛んに湯呑みを口に運んだ。しかし、こうしてからかわれていると、実際に幼少期のことを思い出す。

すると、菜々実はおもむろに言い出した。

「あのことも覚えちょる？　健ちゃんが中学校のとき」

「え？　なんですか」

「わたしのお風呂、覗いたやろ」

その瞬間、健児は頭が真っ白になった。まさか、バレていたのか？　全身の血が逆流し、動悸《どうき》が始まる。手足の先が冷たく感じられた。

だが、菜々実は責める気はないようだった。

「やっぱり。健ちゃんの声やと思ったわ」

カマをかけられたのか。だとすれば、本当はバレていなかったのに、自分から罪を認めたことになる。

「え、じゃあ……」

それでも、悪いのは覗いた健児自身である。

「ごめんなさい。あのときはつい——」

久しぶりの里帰りなのに、最悪の展開だ。彼はしょげ返りながら、今後の滞在は針の筵《むしろ》になりそうだと暗い気持ちになった。

ところが、菜々実の意図《いと》は別にあったらしい。

「今さらよかよ。昔のことじゃが。わたしも、あのときの覗き魔が健ちゃんだったらよかっちゃろなあ、て思っていたし」

「え……？」

どういう意味だ？　健児が混乱して固まっていると、菜々実がにじり寄ってくる。

「健ちゃんも、あれからだいぶ大人になったやろ」

「そ、それはまあ……」

「お姉ちゃん、見たいわ。健ちゃんが成長した証《あかし》」

菜々実は言うと、おもむろに彼の股間をまさぐってきた。

ズボンの上から局部をしんねりと揉《も》まれ、健児は思わず前屈みになる。

「ちょっ……菜々実さん、どうしたんですか」

「さん、は違うて言うちょっとやろ。敬語もいい加減やめてや」

菜々実は徐々に膨らんでいく肉塊をいたぶりながら、色っぽい目つきで彼を正面から見つめていた。

かたや健児はまだこれが現実とは信じられない思いでいる。

「マジで……うう。こんなことされたら、俺――」

「どうしてくれんのん？　お姉ちゃんに教えてや」

「なっ、菜々実さんっ」

健児はたまらず彼女を押し倒した。

仰向《あおむ》けになった菜々実は瞳を爛々《らんらん》と輝かせている。

「ああん、健ちゃんこげん力ば強くなって……よかよ」

うっとりと目を閉じて、彼女は唇をすぼめる。

「菜々実さぁん」

健児は何も考えられず、顔をぶつけるように唇を重ねた。

(ああ、柔らかい。それにいい匂い)

しゃにむに押しつけた女の唇はしっとりとして、ほのかな甘い香りを放っていた。

キスは人生で二回目だが、一回目は酔っ払っていてよく覚えていない。実質初めてのようなものだった。

そのせいか彼の感じる興奮ほど、相手を喜ばすことはできなかったようだ。

「んん……待って。健ちゃん、焦らんで」

仕掛けた側の菜々実が諌《いさ》める形となってしまう。

押し戻された健児は急に恥ずかしくなる。

「ごめん。その、焦っちゃって」

「よかて。もう一度、今度はやさしーくして」

彼女は怒っていないようだ。ホッとした健児は、今一度唇を合わせる。だが、今度は言われたとおり、そっと触れ合うようにした。

「ん……上手。わたしも感じてきちゃった」

菜々実は言うと、歯の間から舌を滑り込ませてきた。

「ふぁ……な、菜々実さん」

「健ちゃんのベロ、初めて舐《な》めちゃった」

口中で舌がのたうち、唾液《だえき》が混ざり合う。

菜々実は両手で健児の頬《ほお》を挟み、濡れた唇を押しつけてきた。

（ああ、なんていい匂いなんだ）

女らしい、甘い化粧の香りが股間を熱くさせる。健児は無我夢中で女の舌を貪《むさぼ》った。

「んふうっ、健ちゃん――」

数年ぶりに顔を合わせた隣家の長女は、なまめかしい大人の女になっていた。

一方、健児もまた思春期の少年から一人前の男になろうとしていた。

「ハアッ、ハアッ」

舌を吸う合間に息を継ぎながら、菜々実の肩を抱いていた。薄い生地越しの身体は温かく、童貞の欲望をいやが上にも昂ぶらせる。

やがて彼はわななく手を肩から外し、胸の膨らみへと移動させていく。あの日、木陰から覗いた乳房が目の前にあるのだ。

「ぷはっ――菜々実さん、俺」

顔を上げた健児は、ブラウスの上から両手で双乳をつかみ取る。

とたんに菜々実はビクンと体を震わせた。

「あんっ」

「ハアッ、ハアッ。うう……」

服の上からとはいえ、初めての女の乳房の感触だった。ブラウスの下にはごわついたブラジャーの手触りがするものの、なおも想像以上に柔らかかった。

菜々実はウットリとした表情を浮かべ、彼の手に自分の手を添えていた。

「ああん、健ちゃんのエッチ」

「だ、だって菜々実さんが――」

「うふうっ。お姉ちゃん、感じてきちゃった」

もはや菜々実も、敬称で呼ぶことを指摘《してき》しなくなっている。乱れたスカートの裾が持ち上がり、ときおりパンティーを覗かせていた。

「ハアッ、ハアッ」

しかし、そこが童貞の悲しいところ。乳房を揉むまではいいが、そこからどうしていいか分からないのだ。

やがて菜々実も異変に気がついた。

「どげんしたと？　エッチしようらんの」

痛い部分を指摘され、思わず健児の手が止まる。

「い、いや、その……」

口ごもる健児を見て、菜々実もハッと思い当たったようだ。

「もしかして健ちゃん——初めてだったん？」

「うん、実は……」

今さら誤魔化しようもない。観念した健児は、童貞であることを明かした。

すると、菜々実は意外そうな顔をした。

「健ちゃんも東京の人になったかい、てっきり女遊びばしちょると思っとったわ」

彼女からすれば、東京のほうが進んでいると思っていたのだろう。

だが、現実は違った。高校時代の健児は標準語で話すのに必死で、色恋どころではなかった。さらに大学生になり、言葉の問題は解決しても、結局は気後《きおく》れして女の子を誘うことなどできなかったのだ。

「二十三にもなって、げんね（恥ずかしい）っちゃけど」

忘れかけていたはずのお国言葉が、思わず口をついて出る。

しかし、菜々実はそんな彼にも優しかった。

「恥ずかしいことなんか、なんもなか。うん、そのほうが健ちゃんらしいわ」

「そうかな……」

「よか。そげんやったら、お姉ちゃんが教えたげる」

彼女は言うと、起き上がって彼のTシャツを脱がせ始める。

健児は照れながらも、年上女性のされるがままになった。

「健ちゃんは寝とってよかよ」

「う、うん」

パンツ一枚になった健児は横たわり、服を脱ぐ菜々実を見上げた。

「あー、夜風が肌に気持ちよかね」

そんなことを言いながら、彼女も下着姿になる。

なまめかしい女の肌が、健児の目を刺した。記憶にある彼女より、少しスッキリしたように思われる。だが、ただ痩せたということではなく、体のラインはむしろ丸みを増したようでもあった。

「そげん見られよったら、わたしもさすがに恥ずかしいっちゃが」

菜々実は言いながらも、彼の上に覆い被《かぶ》さり、キスをしてきた。

一時は潰《つい》えたかに思われた希望の光が、雲間から再び射してきたようだった。

「レロ……ちゅぱっ、んふうっ」

「ふぁう……レロ、じゅるるっ」

健児は興奮を新たにして、口中の唾液を啜《すす》り飲む。

すると、まもなく菜々実の舌が解かれる。健児はキスが終わったのを残念に思うが、彼女の舌は彼の首筋へと移動しただけだった。

「ん……男の匂いがすっと」

濡れた舌はうなじを這《は》い上《のぼ》り、耳の裏から回り込んで、複雑な溝の形をなぞってきた。

「はうっ……な、菜々実さん」

ゾクッとする快感が、健児の背筋を駆け巡る。

女の生温い舌はやがて元来た道を戻り、今度は胸板を這いずり回った。

「小さかった健ちゃんが、まこて大人になったたっちゃね」

「うう、そんな……菜々実さんこそ」

「なんよ。老けたち言いたかやろ」

「いや……そうじゃなくて、こんなに色っぽかったかな、って」

「スケべってこと？　なら、お互い様じゃが。健ちゃんにはお風呂を覗かれよったもんな」

菜々実の舌はらせんを描き、中心にある乳首をくすぐった。

「ほうっ……」

健児は思わず声をあげてしまう。くすぐったくてたまらない。だが、そのくすぐったさは決して不快ではなく、なぜか股間を熱くさせるのだ。

「ねえ、あのとき健ちゃん、わたしの裸ば見て何しよったと？」

「な、何って……それは」

「オチ×チンばシコシコしとったん？」

「オチ……くうっ。その……」

上目遣いで彼を見つめ、舌を伸ばした菜々実は淫靡《いんび》だった。腰にのしかかる乳房の重みと温《ぬく》もりが、健児の思考を奪っていく。

「──うん。俺、あのとき菜々実お姉ちゃんを見て、自分でしてた」

まだ照れが残るものの、彼の告白は菜々実を喜ばせたようだ。

「ふうん。自分でしとったんやね──こげん感じ？」

彼女は言うと、いきなりパンツの中に手を突っ込んできた。

陰茎を握られた健児は身悶える。

「はううっ……」

「んー？　こげん風にシコシコしよったんじゃろ」

菜々実は彼の顔を覗き込みながら、肉棒を逆手に握ってゆっくりと扱き始める。

「ハアッ、ハアッ。ああ……」

衝撃が健児の全身を襲った。女にまさぐられるのは、一年前の打ち上げの日以来のことだ。他人に扱かれる歯痒さと快楽がペニスを硬直させ、知らずと腰が浮いてしまう。

やがて勃起した肉棒はパンツから飛び出していた。

菜々実もそれに合わせ、逆手から順手に持ち替えて扱く。

「健ちゃんのオチ×チン、ガチガチじゃが。てげ立派やな」

「な、菜々実さん、ダメです。そんなに強くしちゃ……」

「なんで？　気持ちよかとやろ。ほらあ、おつゆもいっぱい出てきよう」

「ま、待って。マジで……うう」

一年ぶりの快楽に加え、相手が隣家の幼なじみときている。思い入れがある分、昂ぶりも一様ではない。

「こげんエッチなオチ×チン、使わんかったらもったいなかよ」

淫語を吐く菜々実は、トロンとした目つきで見つめていた。年下男をいたぶり欲情する女の顔は、健児がこれまで見たことのないものだった。

「ハアッ、ハアッ。もうダメだ……」

愉悦が高まるにつれ、あの日の彩とのことが蘇《よみがえ》ってくる。手コキであっという間に暴発してしまったことは、思い返すたびに悔やまれた。

「ご、ごめんストップ。マジで」

「どげんしたと。痛かった？」

「ちがうけど……。すぐイキそうだったから――」

健児は消え入りそうな声で言った。童貞にとって、自分が早漏だと認めるのは恥ずかしいことなのだ。

しかし、菜々実はそれをからかったりはしなかった。

「よかて。なら、お口でしてあげる」

むしろ彼の反応を楽しんでいるようだ。いったん起き上がると、背中に手を回してブラジャーを外し、たわわな実りを見せつけてきた。

丸いふたつの膨らみは、かつて健児が盗み見て恋い焦《こ》がれたものだった。

「綺麗だ……」

思わず声に出すと、菜々実は誇らしげに自ら両手で持ち上げてみせる。

「そう？　健ちゃんに褒められると、てげうれしいっちゃが」

そして、おもむろに腰を屈め、直立する肉棒を指で支え持った。

「んー、エッチな匂い」

「つく……」

健児は懊悩《おうのう》する。彼女はまるで花でも摘《つ》んでいるかのように、ウットリした表情で不浄《ふじよう》の肉柱を嗅いだ。羞恥《しゆうち》と欲情が彼の全身を苛《さいな》む。

やがて菜々実は舌を伸ばし、先走りの溢《あふ》れる鈴割れにそっと触れた。

「エッチなおつゆがいっぱい」

「ううっ。な、菜々実さん……」

鋭い痛みにも似た戦慄《せんりつ》が、健児の全身を揺さぶる。

だが、それはまだ序章に過ぎない。菜々実の舌は、やがて亀頭の周囲をぐるりと巡り、裏筋へと這っていった。

「はううっ……」

「んん？　気持ちよかと？」

「きっ、気持ちいい……です」

肉棒に走る愉悦は、これまで感じたことのないものだった。かつては姉弟のように馴染んだ相手が、自分の逸物《いちもつ》を舐めていることが信じられなかった。

菜々実もまた背徳の悦《よろこ》びを感じているのか、顔を上気させて口舌奉仕に励んだ。

「健ちゃんの逞《たくま》しいオチ×チン――」

愛《いと》おしそうに太竿を見つめ、口を開いて呑み込んでいった。

温もりが肉棒を包んでいく。

「うはあっ、菜々実お姉ちゃんが僕のチ×ポを……」

あまりの衝撃に襲われ、健児は思わず昔の呼び名を口にしていた。

それが菜々実を喜ばせたのだろう、根元まで咥《くわ》え込んだのち、彼女はすぐにストロークを繰り出した。

「んぐ、じゅるっ。健ちゃんのオチ×チン、美味《おい》しいっちゃが」

「そんな……はうっ。うう」

菜々実は口中に唾を溜め、わざと音を立てて吸った。

「ああっ、ヤバイ。気持ちよすぎる」

「んふ。もっと気持ちよくしたげる」

挑発するような上目遣いで、菜々実は顔を上下させる。

快感は手コキの比ではない。菜々実が股間に顔を埋める光景に加え、粘膜にみっちりと包み込まれた感触に、健児は天にも昇る思いだった。

そんな生まれて初めての快楽に、そう長く耐えられるはずもない。

「あ……ダメだ。はうっ、出るっ」

気付いたときには射精していた。口内に放つ罪悪感を覚えつつも、一瞬の快楽は時が止まったかと思うほどだった。

まさに予告なしの暴発だったが、菜々実は嘔吐《えず》きもせず、吐き出されたものを全て飲んでしまう。

「んぐ……んふう、ごくん」

(すごい。飲んじゃったよ……)

健児は射精の余韻に酔い痴れながらも、驚きの目で彼女を見るのだった。

「ごめん。我慢できなくて」

少し息が整うと、健児は口内発射したことを詫びた。

菜々実は指で口の端を拭《ぬぐ》いながら、首を横に振る。

「謝ることなんかなかよ。それだけ気持ちよかごとなったんやろ」

「うん、まあ。でも……」

「悪か思うとるなら、今度は健ちゃんがお返しして」

「え……？」

「健ちゃんが、わたしのを舐めて」

彼女は言うと、自ら横たわり、彼を手招きした。

「ねえ、早く。健ちゃんがパンツ脱がせて」

「う、うん」

胸の高鳴りが再び耳を打つ。ついに拝めるのだ。健児が生まれてこの方、まだ一度も直接目にしたことのないもの。童貞にとっての永遠の謎が、明かされるときがきたのである。

健児は震える思いでパンティーに手をかける。

「本当にいいの？」

「よかよ。もう、お姉ちゃんアソコがジンジンしとっちゃけん」

「分かった」

恐る恐る小さな三角布を下ろしていく。緩《ゆる》やかな曲線を描いた丘が徐々に全貌を現し、秘部を覆う恥毛が貼り付いているのが見えた。

「ハッ、ハッ」

健児の呼吸は知らぬ間に乱れていた。菜々実はジッと横たわったまま、覚束《おぼつか》ない彼のすることを見守っている。

そしてついに秘密が明かされるときがきた。

「ああ、すごい……」

すごい、としか言いようがなかった。ふっくらとした割れ目はやや口を開き、濡れそぼった中身が覗いている。

「どう？　わたしのオマ×コ、よく見えようと？」

菜々実は挑発するように膝を立て、脚を開いてよく見えるようにした。

男のそれとはあまりに違う構造に、健児は頭がクラクラするようだった。

「これが、女のアソコ――」

「もっと近くで見よったらええが。ほら」

「う、うん」

彼女に促され、彼はうつ伏せになり、太腿の間に顔を突っ込んだ。

近づくと、ムンと鼻をつく牝臭《めすしゅう》がする。ボディソープの淡い香りはするが、あくまで動物的な匂いだった。しかし、なぜか嫌な気はしない。

「いやらしい匂いがする」

「ビチョビチョやろ。それ、健ちゃんのオチ×チンのせいやかい」

妙に拗《ねじ》くれたラビアは息づいているようだった。粘膜の鮮やかな暗紅色が濡れ光り、牡《おす》のリビドーを見た目と匂いで刺激する。

「お姉ちゃんっ」

思わず健児は割れ目にむしゃぶりついていた。

とたんに菜々実も体をビクンと震わせる。

「あんっ、よか」

「ハアッ、ハアッ。べちょろっ、じゅるっ」

健児は無我夢中で雌花を舐めたくった。舌をいっぱいに伸ばし、口の周りも愛液でベトベトにしながら、溢れるジュースをゴクゴクと飲んだ。

菜々実も太腿を絞めつけて喘ぐ。

「ああっ、すごい。健ちゃん激しか」

「菜々実さん、お姉ちゃん」

「いっぱいベロベロして。あふうっ、感じちゃう」

菜々実は腰を反《そ》らせ、両手で彼の頭を自分の股間に押しつけた。

「むふうっ、レロッ……びちゅるるるっ」

健児は初めてのクンニリングスに感動していた。味などよく分からない。少し塩《しょ》っぱい気もするが、一方では深いコクと甘みがあるようにも思える。

「菜々実さんの、オマ×コ……」

「あんっ、てげ気持ちよかよ。もっと舐めて」

「ふうっ、ふうっ」

菜々実は身悶え、声をあげた。その喘ぎ声が、健児をさらに興奮させる。自分のしている行為が女を悦ばせているのだ。男女の営みが「交歓」と呼ばれる意味が、少し分かったような気がした。

やがて菜々実は太腿をギュッと締め付けてきた。

「んああーっ、イイッ。お姉ちゃん、もうイキそうやが」

明らかにギアが一段階、切り替わったようだった。吐く息はより忙《せわ》しなくなり、菜々実は身をくねらせて暴れ出したのだ。

「レロッ、みちゅっ、ちゅばばっ」

太腿の力は思いのほか強く、締めつけられた頭が痛いほどだった。しかし、健児は舌を働かせ続けた。

「菜々実さん、ああ、美味しい」

「はひいっ、健ちゃんいやらしい──」

菜々実は言いかけると、腰を浮かせた。健児はそれを捕まえ、逃がさないようにする。顔の周りは愛液でベトベトになっていた。

「ダメ。イク──あああーっ！」

最後はほとんど悲鳴に近かった。菜々実は全身の筋肉を強《こわ》ばらせ、耐《た》えかねたようにガクガクと身体を震わせた。絶頂したのだ。

だが、口舌奉仕に夢中な健児は異変に気がつかない。しつこく舐め続けたが、やがて彼女に頭を突き放され、「待って。もうダメ」と諫められて、ようやく舐めるのをやめて顔を上げた。

すると、そこには満足げに顔を輝かせる菜々実がいた。

「お姉ちゃん、イッてまったわ……」

「イッて……そうなの？」

女のアクメを知らない健児はポカンとする。

菜々実は慈《いつく》しむような笑顔を浮かべて言った。

「うん。健ちゃん、舐めるの上手やわ」

年上の女に愛撫を褒められ、健児は少し自信がついた気がした。

隣家の長女と八年ぶりに再会したと思ったら、いつの間にか全裸で互いの局部を慰め合っていた。健児は夢でも見ているようだったが、こうなったらもはや行き着くところまで行くしかない。

横たわる菜々実は惜しげもなく裸身を晒し、年下の男を誘う。

「健ちゃん、おいで」

「う、うん……」

童貞の健児にも、彼女の意図は分かる。最後の一線を越えようと言うのだ。彼は心を震わせながら、成熟《せいじゅく》した女の肉体に覆い被さった。

「きて」

「うん」

ペニスは勃起しっぱなしだった。健児は濡れ光る淫裂を見て、生唾を飲む。二十三年間、夢に見ながらも、なし得なかった男女の営み。東京では叶《かな》わなかった筆おろしが、ひょんなことから帰省したことで、ついに現実になろうとしている。

しかし、何事も初めてには困難がつきまとう。挿入のやり方など誰も教えてはくれなかった。彼は菜々実に覆い被さったまま、何度も腰を押しつけたが、肉棒はいたずらに滑るだけで、まるで入っていこうとはしなかったのだ。

「あれ？　おかしいな……」

焦る健児。やがて菜々実が業《ごう》を煮やし、彼の虚しい苦闘を押しとどめる。

「待って。わたしが上になるっちゃけん、健ちゃんが寝そべって」

最初の挑戦は失敗した。健児は恥ずかしさを覚えるが、意地を張ることもなく彼女の言うとおりにする。つくづく相手が「お姉ちゃん」でよかったと思う。

仕切り直しだ。今度は健児が仰向《あおむ》けになり、菜々実がその上に跨《また》がってくる。

「健ちゃんのこれ、菜々実お姉ちゃんの中に挿《い》れるね」

彼女は肉棒を逆手に支え持ち、慎重に自分の股間へと導いた。

まもなく亀頭が濡れた花弁に触れる。

「はうっ……」

それだけでもう辛抱たまらなかった。思わず健児は声を漏らしてしまう。

ぬめった牝壺は容赦なく太竿を呑み込んでいった。

「ああ……入ってきとう」

菜々実はほうっと息を漏らし、ウットリして腰を落としていく。

気付くと、ヌルヌルした壁が肉棒を包み込んでいた。

「オチ×チン、入ってもうたが。んふうっ、てげ大きかね」

「うう……あったかい」

「菜々実さん――」

健児の全神経は、股間に集中していた。これが女の身体か。初めての蜜壺は温かく、まるで温泉にでも浸《つ》かったようだった。

すると、菜々実が上で腰を揺さぶり始める。

「あっ、あんっ、んんっ、よか」

彼女は恥骨を押しつけたまま、小刻みに尻を前後に揺らした。序盤のウォームアップといったところだろうか。

しかし、初めての健児にとっては、十分以上に愉悦をもたらした。

「うはっ……っく。ヤバイ、ヌルヌルが――」

「健ちゃんも気持ちよか？　わたしも……あはん、これ好き」

結合部がぬちゃくちゃと湿《しめ》った音を立てる。くねる腰使いもいやらしく、彼は自《おの》ずと腰を浮かせていった。

「ハアッ、ハアッ。うう、気持ちよすぎる……」

「ああん、健ちゃん、てげいやらしい顔しちょっと」

「ああ、だって……はううっ」

健児は身悶えながらも、なぜか昔を思い出していた。五つも年下の少年を嫌がりもせず遊んでくれた「お姉ちゃん」の優しい顔。彼は子供ながらにそれを美しいと感じ、淡い憧れを抱き続けていた。

その菜々実が、いまや成熟した女となって、彼の上で腰を振っているのだ。

「あんっ、あふうっ。イイッ、んんっ」

「ハアッ、ハアッ、ハアッ」

媚肉《びにく》に包まれながら、肉棒はますます硬さを増していく。

そして菜々実もまた「隣の男の子」の成長を肉体で確かめていた。

「ああっ、奥に当たっちゅう……んふうっ」

徐々に腰の動きは前後から上下へと変わり、振幅も大きくなっていった。

「あんっ、ああっ、イイッ」

菜々実は膝を屈伸させ、悦楽を貪った。

結合部を眺めると、肉棒が蜜壺を出入りする様子が窺えた。

「ハアッ、ハアッ。ああ……オマ×コが」

「分かる？　健ちゃんとひとつになっとう」

「俺も……動かしていい？」

辛抱たまらなかったのだ。襲いかかる快感に、健児はすでに居ても立ってもいられないようになっている。

すると、菜々実は腰を動かし続けながら言った。

「よかよ。健ちゃんの好きにして」

彼女の漏らす言葉のひとつひとつが、健児には新鮮で刺激的だった。特に「好きにして」は、男に生まれたからには言われてみたいセリフだった。

「おお……菜々実さんっ」

発憤《はっぷん》した健児は、下から腰を突き上げていた。

菜々実の反応はめざましかった。

「んああーっ、イイッ。先っぽが……はひいっ」

「ハアッ、ハアッ」

闇雲《やみくも》ではあったが、彼の行為は菜々実を悦ばせた。

最初はチグハグになりがちだった二人のリズムも、徐々に息が合ってくる。

「ハアッ、ハアッ、おうっ、ううっ」

「ああっ、あんっ、イイッ、んふうっ」

弾《はず》む呼吸も互いのタイミングが重なり合っていく。

だが、菜々実はそれ以上の変化を求めた。

「ああん、ねえ、今度は後ろから欲しくなっちゃった」

「う、後ろから――？」

健児としては、このまま果てまで行き着きたいところだったが、彼女の望みとあらば、無視するわけにはいかない。

名残《なごり》惜しみつつもいったん離れ、菜々実が畳に四つん這いになる。

「こいでよか。健ちゃん、きて」

「うん」

獣のようにうずくまり、尻を突き出す菜々実は淫靡だった。この姿勢だと割れ目はおろか、アヌスまで丸見えになっている。

「ふうっ、ふうっ」

女の尻穴を目にするのも初めてだ。健児は鼻息を荒くし、牝汁塗れの肉棒を花弁へと寄せていく。

媚肉は息づき、ぽっかり開いた穴はヒクヒクと蠢いている。

「いくよ――」

健児は自分に言い聞かせるように宣言し、膝立ちで丸い尻に近づく。だが、今度はちゃんと手で竿を支え、滑らないよう狙いを定めた。

硬直がぬぷりと音を立て、女の中に収まった。

「ぬあっ……」

健児は思わず呻く。菜々実もビクンと身体を震わせた。

「あんっ、きた……」

「ハアッ、ハアッ」

いったん落ち着く必要がある。肉棒を根元まで差した健児だが、少しでも動いたら暴発してしまいそうなのだ。文字通り、抜き差しならない状況だった。

さっきまでとは感じ方がひと味違う。菜々実が上になっているときは、裏筋に押しつけられるような愉悦があったが、バックでの挿入は、カリ首にかかる快感が強調されるようだった。

「ふうっ、ふうっ」

しかし、菜々実は挿入だけでは満足していない。

「どげんしたと？　健ちゃん、早くう」

鼻にかかった声でおねだりし、催促するように尻を振った。

「う、うん」

覚悟を決めるしかない。健児は気を取り直し、慎重に腰を引いていく。

「ぬあっ……」

「ああっ、そう」

背中を向けた菜々実の頭が持ち上がる。尻から腰にかけてのラインが見事な曲線を描いていた。

(女のカラダって、なんて綺麗なんだろう)

健児は愉悦の波に溺れつつ、一方では感動を覚えていた。女の肉体はどこもかしこも丸みを帯びており、しかも華奢なのだ。

「もっと奥まで突いてぇ」

菜々実は欲望に忠実だった。外聞も憚《はばか》らず、感じるままに喘ぎ、悦びを声にした。その声は開いた窓から筒抜けだったが、幸いなことに隣家とは距離がある。都会では考えられない、開放的なセックスだった。

やがて健児も本格的に腰を振り始める。

「ハアッ、ハアッ、ハアッ」

「あっ、あっ、ああっ、イイッ」

「すごい。奥が……ううっ」

「はうっ……ああ、健ちゃんの太かチ×ポ――」

尻のあわいに見え隠れする肉竿は、牝汁に濡れて蛍光灯の光を照り返す。それが盛んに動くことで菜々実を狂わせているのだ。

「ハアッ、ハアッ、菜々実さんっ、お姉ちゃんっ」

健児は感無量だった。自分が一人前の男になった気がした。

一方、菜々実も可愛い「弟」の独り立ちを肉体で祝しているようだった。

「あんっ、あふうっ……ダメ。わたし、もうイキそ――」

「俺も……ハアッ、ハアッ。限界かも」

「よかよ。イッて。一緒にイこう」

苦しい息の下でふたりは語り合い、身体の一部を使って意思を通わせる。

先に昇り詰めたのは、菜々実のほうだった。

「んあああーっ、イクッ。イイイイーッ」

グッと体が沈み込み、背中が弓なりに反る。絶頂の衝撃を受け止めた筋肉は緊張し、蜜壺が痙攣《けいれん》した。

ギュッと締め付けられた肉棒が、耐えきれず白濁《はくだく》を放つ。

「うはあっ、出るっ」

「うふうっ、んんっ」

すると、菜々実はくぐもった唸り声を上げ、放出を受け止めた。背中に一面汗を浮かべつつ、尻をぐいっと持ち上げて、最後の一滴《いってき》まで搾《しぼ》り取ろうとした。

「んふうっ、んんっ……」

「ぬあっ……ううっ」

そうしてしばらくの間、ふたりは絶頂の余韻に浸《ひた》るのだった。


「ハアッ、ハアッ、ハアッ、ハアッ」

健児は満足感に浸っていた。見事ゴールに辿《たど》り着いたのだ。これでもう童貞ではない——そこはかとない自信のようなものが、彼の心を満たしていた。

一方、事を終えた菜々実の変わり身は早かった。

「てげよかったっちゃよ。健ちゃん、案外女を悦ばす素質があるのかもね」

そんなことを言いながらも、さっさと服を着直しているのだ。

それからひと息つくと、菜々実はさらに驚くことを告げた。実は、付き合っている彼氏がいるというのだ。

「——そげんこつやかい、今日のことは誰にも言ったらいけんよ」

「う、うん。分かった」

約束を交わすと、彼女は何事もなかったように帰っていった。

菜々実のあまりに割り切った態度に、健児はしばらく呆然とするが、やがてそれがいかにも彼女らしいと気づき、八年経っても「お姉ちゃん」には敵《かな》わないと妙に納得するのだった。

第二章　悶える友人の母

　宮崎へ来て、今日で三日。広い祖父宅で健児は暇を持て余していた。この機会に卒論を仕上げるつもりだったが、静かすぎる環境のせいか、どうにも手をつけかねているのだ。

「少し気晴らしでもしようかな」

　思い立った彼は家を出て、物置へと向かう。すると、やはりあった。中学時代に乗っていた自転車を見つけたのだ。

　少し錆《さ》び付いていたが、油を差してタイヤに空気を入れれば、まだ十分に乗れそうだ。整備作業は卒論や就職の憂さを忘れさせてくれた。

「よし、こんなもんだろう」

　出来映えは満足のいくものだった。跨がってみると、自転車は昔より小さくなった気がするが、あるいは自分が大きくなったのかもしれない。

せっかくなので、健児は自転車に乗って出かけることにした。

田舎道は車通りも少なく、健児は懐かしい思いに満たされた。遠くに臨む山並みはあの頃と変わらないままだ。

ところが、町にさしかかると様子が違ってくる。見覚えのない看板や建物が目につき、記憶にある町とはところどころ変わっているようだった。

（八年も経っているんだ。当たり前だよな）

健児は自分に言い聞かせるが、一抹《いちまつ》の寂しさは拭えない。

そこで彼は、かつての友人を訪ねてみようと思い立つ。駅前で反転し、少し離れた団地へと足を向けた。

古い団地に住んでいるのは、中学時代で一番仲のよかった同級生の吉田《よしだ》。親友と言っても過言ではなく、昔は毎日のように一緒に遊んでいたものだ。

建物の下に自転車を置くと、通い慣れた階段を上がる。昔よりさらに古びた気もするが、それより旧友に会えるという期待のほうが高く、気にはならない。

「こんにちは」

少し息を切らせつつ、四階のインターフォンを鳴らす。

しばらく待って現れたのは、吉田ではなく母親の秋子《あきこ》だった。

「あら、健児くん？　健児くんやがね」

「ご無沙汰してます。津川です」

「随分と大人になったっちゃが。こっちに帰ってきたと？」

「いえ、その……祖父が入院しまして、それで」

「まあ、それは大変やったね。どうぞ上がって」

「あの、吉田は――？」

どうやら友人はここには住んでいないらしい。それでも、秋子は一休みしてゆくよう勧めてくれて、健児は部屋に上がって、冷たい麦茶をいただきながら近況を聞くことになった。

六畳間の卓袱台に向かって胡座をかき、麦茶で喉を潤すと、昔遊びにきていた頃を思い出す。

母親によると、吉田は専門学校を卒業した後、建築関係の会社に就職したという。

「今は博多の本社で働いとって、独り暮らししとるんよ」

「へえ、そうなんですか」

健児は話を聞きながら、しばらく連絡《れんらく》を取っていなかったことを悔やむ。

同時に、中学時代は自分より素行の悪かった友人が、一人前の社会人になっていると知って、こそばゆくも眩《まぶ》しい思いに駆られた。

「じゃあ、おばさんも寂しいんじゃないですか」

「そやな。最初はやっと一人前になりよった、肩の荷が下りたち思うとったけん、いざひとりきりになるとね」

吉田の家は母子家庭だったのを思い出す。一人息子が独立し、母親だけが残ったのだ。

ひと通り近況を語り合うと、話題がなくなってしまった。結局、友人に会えないことには変わりない。健児は残念な思いを抱えながらも、そろそろお暇《いとま》しようとしたが、そこへ秋子がふと思い立ったように言い出した。

「そや。健児くん、お昼まだやろ。すぐ支度するけん、食べていったらええが」

「あ、いえ。それは――」

健児は遠慮しようとするが、秋子は返事も待たずにそそくさと台所に立ってしまう。

「じゃあ、お言葉に甘えさせてもらいます」

仕方なく再び腰を下ろし、ご相伴《しょうばん》に預かることにする。

とはいえ、かつても秋子の手料理はよくご馳走になったものだ。平日は仕事で不在がちだったものの、週末に遊びに行くと、彼女は息子の友人を必ず歓待してくれた。

秋子は流しで調理しながら、居間の健児に話しかけてくる。

「そいでどげんなん、久しぶりの宮崎は」

「そりゃあ懐かしいですよ。けど、いろいろ変わってもいるな、って」

「駅やろ。五年前やろか、今みたいになったんは」

「ええ、ビックリしました。なんかお洒落《しゃれ》になって」

健児はそつなく応じながら、それとなく彼女の後ろ姿を眺める。

秋子は若い母親だった。十九歳の時に息子を産み、健児が中学生の頃でも、ようやく三十代半ばに差しかかったところであった。

いつも微笑《ほほえ》んでいるような、やさしい目元が印象的な女性で、女手ひとつで子供を育てているにもかかわらず、苦労が見た目に表われない質《たち》で、世に言う母親とはまったく別次元の存在に思えた。それだけに当然、再婚の話もあったはずだが、彼女は独り身を貫《つらぬ》いたのだ。

中学生の健児は、そんな秋子を子供心に美しいと感じていた。夏場など遊びに行くと、ノースリーブの隙間からブラジャーが覗くこともあり、密かに欲情を覚えたものだ。

しかし、彼女は何と言っても親友の母だった。異性として意識したら友人を裏切るような気がし、自分でも認めようとしなかった。

「お待たせ。突然やったかい、冷や汁くらいしかできんかったけど」

しばらくして秋子が台所から戻り、健児も物思いから我に返る。

「とんでもない。うわあ、懐かしいなこれ」

「今日みたいに暑か日にはピッタリやが」

「いただきます」

冷や汁は、健児にとって故郷の味だった。魚のすり身に炙《あぶ》った味噌、すりゴマなどを和《あ》えたものをダシ汁で伸ばし、豆腐を載せたご飯にかけた宮崎の郷土料理である。

本来は麦飯なのだが、白米でも十分美味い。

秋子の作る冷や汁には、薬味にミョウガが載っていた。

「やっぱり美味い。昔を思い出すなあ」

先ほどまでの回想も忘れ、健児は夢中で飯をかき込んだ。

そんな彼を秋子は微笑ましく眺めている。

「まだお代わりならあるっちゃけん、遠慮せんで食べらんね」

かつての友人に一人息子の姿を偲《しの》んでいるのだろうか。卓袱台に頬杖をつく秋子は、慈愛に満ちた目でうれしそうにしている。

一方、健児はあまりにジッと見つめられ、少々気詰まりに感じる。それだけではない。前屈みになった秋子のカットソーから、胸の谷間がチラチラ覗いているのだ。そのことに気付いてからは、ほとんど食べているものの味がしなかった。

「そげん慌てて食べよらんでもええが。ご飯粒付いちょっと」

秋子がふと手を伸ばし、彼の頬に付いた飯粒を取ってくれる。

健児は自分の邪《よこしま》な思いを見透かされた気がして、気恥ずかしくなる。

「あ……すいません」

「よかよ」

彼女は答えると、無意識に取った飯粒をパクリと食べてしまった。

健児は頭の中で計算する。すると、秋子は今年で四十二歳になるはずだ。だが、彼女は相変わらず若く美しい母親だった。


冷や汁を食べ終わった後も、健児は何となく帰るタイミングを失っていた。

「──じゃあ、今年卒業なん？　偉かね。お母さんも鼻が高かやろ」

「いやあ、ギリギリ卒業だけはしたって感じですから」

秋子が盛んに話しかけてくるせいもあるが、彼自身、懐かしい慈母との時間を心地よく感じていた。

団地の窓から子供たちの遊ぶ声が聞こえてくる。

「でも、僕より吉田のほうが偉かですよ。あんなきかん奴だったのに、今じゃバリバリ働いているんでしょう」

いつしか健児の言葉にも、少しずつだが昔馴染みの語彙《ごい》が混じっていた。

秋子がふと立ち上がり、日差しを遮《さえぎ》るようにカーテンを閉める。

「博多に行ってからちゅうもの、ろくに連絡も寄越さんとあの子は――」

ひとり呟く後ろ姿が寂しげだった。

健児は無意識のうちに、彼女の白い脹《ふく》ら脛《はぎ》を見つめていた。股間が疼《うず》くのを感じ、気を逸《そ》らすように声を励まして言う。

「便りがないのは良い便り、って言うじゃないですか。あいつのことだ、きっと元気でやってるんですよ」

「そやね。ありがとう」

「やっぱりその……寂しいものですか？」

慰めるつもりが、つい訊ねてしまう。

すると、秋子は元の席には戻らずに、彼の背後へと回る。

不意に空気が張り詰めたようだった。健児は胡座《あぐら》をかいたまま、振り返ることもできずに固まっていた。

背中に秋子の気配がする。いったいどうするつもりだろう。鼓動は高鳴り、こめかみがドクンドクンと音を立てていた。

「寂しかよ、ずっと」

声が耳元でしたかと思うと、彼の背中を温もりが包んだ。

「おばさん……!?」

秋子は腕を回し、背後から抱きついていた。予想だにしない出来事に健児はとまどい、為《な》す術《すべ》もない。

友人の母は、吐息混じりに言った。

「ごめんな」

「い、いえ……」

「寂しかったんよ」

「ええ」

彼女は自分を息子に見立てているだけだ。行き場のない母性が思わず溢れてしまっただけに違いない。健児はおのれに言い聞かせるが、背中に押しつけられた膨らみを意識せずにはいられない。

だが、秋子はこう続けた。

「寂しかったんは、あの子がいた頃からずっとやかい――」

吐息混じりに言うと、彼女はおもむろに彼の耳朶《みみたぶ》を咬んできた。

ゾクッとした健児は思わず身をすくめる。

「はうっ……」

「健児くんも大人になったけん、分かるやろ。女の気持ち」

秋子は熱い息を吹きかけながら、尖らせた舌で耳朶をまさぐる。

「う、うう……」

「女の独り身がどげん辛かことか。じゃっどん、やっと母親業から解放されて、今度は自分の幸せを求めたち、ええっちゃろ」

孝行息子に幸せを感じながら、彼女もやはりひとりの女だった。秋子は決して彼に息子の影を見たのではなく、ひとりの成人した男として相対していたのだ。

「息子の友達にいけんことやね――」

秋子は罪の意識を言葉に滲《にじ》ませつつも、彼の顔を振り向けさせ、唇を重ねてきた。

「……っ!?」

熱い唇の感触に健児はとまどい、驚いた。昔から密かに欲望を抱いていたとはいえ、相手はあくまで「友人の母」だったのだ。

だが、湿った感触は現実のものだった。

「んふうっ」

秋子はウットリとまぶたを閉ざし、反対に唇を徐々に開いていく。

まもなくぬめった舌が這い込んで、口中をまさぐってきた。

「ふぁう……おばさん……」

「ああ、キスなんて久しぶり——」

秋子は劣情も露わに男の味を貪る。同時にその手は胸板をなで下ろし、性急に股間の逸物を探り求めた。

「ううっ、レロッ……」

気付くと健児も舌を伸ばし、女の唾液を貪り飲んでいた。かつての彼を抑《おさ》えていた友情という名の理性は瓦解し、本能が欲していた悦びこそが正義となっていた。

熟女の手はしんねりと股間を揉みほぐす。

「おばさん、悪か女ね。あの子の友達にこげんこつ……」

「ふうっ、ふうっ。ああ、そんな風にされたら」

瞬《また》く間にズボンはテントを張り、溢れる先走り汁が下着を湿らせる。

「今だけ、お願い――」

秋子は言うと、健児の肩を押し倒し、畳の上に仰向けに横たわらせた。

二十三歳と四十二歳の男女はいつしか年の差を忘れ、一対《いっつい》のもの狂おしい番《つが》いになっていた。

すでにふたりとも一糸まとわぬ姿になっていた。横たわる健児は肉棒をいきり立たせ、秋子はその股間にうずくまっている。

「男の匂いがする」

彼女は太竿を愛おしそうに撫でさすり、匂いを嗅いだ。

健児は羞恥に身を焦がす。

「う……汗掻《か》いたし、汚いですから」

「ううん、まっこてよか匂いじゃが。アソコがジンジンすっと」

淫《みだ》らな喜びを隠しもせず、秋子は竿裏に鼻先を擦り付けた。

これが同じ彼女だろうか。健児の記憶にある友人の母とはまるで別人のように思われた。

秋子が夫と別れたのは、二十代の頃だった。息子はまだ幼く、母子ふたりで生きるのに必死だったことだろう。当然男を作る余裕などなかったはずだ。

「もう我慢できんが。舐めてよか？」

上目遣いで見やる彼女に健児は答える。

「は、はい……」

すると、秋子は悪戯な笑みを返し、舌を伸ばして裏筋を舐めあげた。

「う……ううっ」

「んふうっ、カッチカチやが」

これまで女として一番いい時期を子育てに捧げたのだ。四十路を迎えた今、秋子はようやく青春を取り戻そうとしていた。

「健児くんのオチ×チン、いやらしかね」

彼女は言いながら、カリ首の周りをぐるりと舐め回す。

「うはっ……おばさんっ」

身悶える健児に熟女は言った。

「おばさん、は、やめにせん？　今だけでいいかい」

「……」

「秋子、って呼んでみて」

彼女にも葛藤《かっとう》はあるのだろう。あくまで女として扱《あつか》ってもらいたがっていた。

健児は深く息を吸い、思い切って名前を口にする。

「あ……秋子さん」

「んん、好き――」

とたんに秋子は劣情に駆られたらしく、肉棒にむしゃぶりついてきた。

「うはあっ、おうっ……」

「んふうっ、おいひ――」

熟女の吸い込みは激しかった。若い牡を味わい尽くそうとでもいうように、息せき切ってフェラチオに没頭する。

「ハアッ、ハアッ」

その愉悦は凄まじく、健児は息を喘がせ、身を捩《よじ》った。

やがて秋子はしゃぶるだけでは物足りないのか、手で陰嚢《いんのう》をまさぐり始める。

「じゅるっ……おっきくて、硬いの好き」

「ああ、秋子さん、そんな――」

「気持ちよか？　健児くん、しおらしか」

彼女は、「可愛い」「愛《いと》おしい」と言っているのだ。

全身の血流が股間の一点に集まっていく。

「おばさんが……秋子さんが、僕のチ×ポをしゃぶっている」

「そうや。健児くんのオチ×チン、美味しかよ」

すると、不意に秋子はしゃぶるのをやめた。だが、口舌奉仕を終えたわけではなかった。唾液でてらてら光る太竿を手で握り、代わりにこれまで揉んでいた精子袋を口に含《ふく》んだのだ。

「くはっ、秋子さん、そんなところまで――」

「んふうっ、健児くんの袋。いっぱい溜まっちゅうが」

秋子はふたつの玉を口中で転がすようにした。恥毛に埋もれたその顔は上気し、おのれの痴態に酔い痴れているようだった。

「ハアッ、ハアッ。ぬああ……」

責め立てられる健児はたまらない。竿を扱かれ、玉を吸われているのだ。初めての体験に天にも昇る心地だった。

秋子の舌が精巣を転がし、ときに強く吸いたてる。

「じゅぱっ、んふうっ。健児くん……」

「ハアッ、ハアッ」

しかし女とは、皆こんな風にスケベな生き物なのだろうか。健児は身悶えながらもつくづく思う。隣家の菜々実ならまだ分かる。だが、かつての秋子は牝を感じさせるようなことは一度たりともなかったのだ。思春期の彼が勝手に欲望を抱いていたに過ぎない。

一方、現実の秋子は裸身を晒し、無我夢中でしゃぶっていた。

このままでは果ててしまう。健児は切羽詰まったように言う。

「僕も……秋子さんを舐めたい」

「よかよ。いっぱい舐めて」

すぐに秋子は応じると、頭の向きを変えて彼に尻を突きつける、シックスナインの格好になる。

四十路《よそじ》熟女の尻はふくよかだった。たっぷりとした肉が盛り上がり、中央に深い谷間が切れ込んでいる。

その中心にはすぼまったアヌスがあり、下ったところには濡れそぼった女性器が口を開いていた。

「ハアッ、ハアッ。秋子さんの、オマ×コ」

「ビチョビチョやろ。オチ×チン舐めとったら、濡れてしまったが」

肉付きのいい大陰唇にはわずかに毛が生え、笹形に開いて粘膜を取り囲んでいる。ラビアは左右不均等で、捩れたさまが淫靡だった。恥骨の下にぷっくりと膨れているのはクリトリスだろうか。

首をもたげた健児は、おのずと深く息を吸い込んでいた。

「ああ、いい匂いだ」

「スケベな牝の匂いがするっちゃろ」

「ええ。いつまでも嗅いでいたくなります」

「健児くんもいやらしかね。舐めっこしよう」

「はい」

健児が答えるが早いか、秋子は肉棒を咥え込む。

「うはあっ、激し――」

股間の秋子が頭を上下させる。彼も負けじと秘部にむしゃぶりついた。

「はむっ……じゅるっ、じゅるるっ」

「ぐふうっ、んんっ」

とたんに彼女も喘ぎ悶えた。口にものを含んでいるので、くぐもった声になる。

「ハアッ、ハアッ。べちょろっ、じゅるっ」

健児は牝臭に包まれながら、無我夢中で媚肉を貪った。ぬめった舌触りのジュースをすくいとり、渇きを癒やすようにゴクゴク飲んだ。

「んふうっ、んんっ……健児くん上手。んああっ」

勢いに任せた青年の愛撫に秋子は悦びで応える。熟した身体をうねらせ、自身も必死に食らいつきながら、尻を揺さぶり身悶えた。

「秋子さんのオマ×コ、美味しいよ」

「んああっ、どげんしよ——」

互いに舌で慰め合ううち、秋子は四つん這いの姿勢に耐えられなくなった。それでも決して肉棒を離そうとせず、咥えたまま彼の体ごと横ざまに転がった。

「ああ、秋子さん」

また健児も離れたくない一心で、彼女の動きについていった。

気付くと、ふたりは側位で互いの股間を舐めあう体勢になっていた。互いに上になったほうの膝を立て、相手の股間に顔を埋めているのだった。

「ハアッ、べちょろっ、レロじゅるっ」

「んんっ、ぐぽっ、じゅぽぽっ」

舐め合いは果てしなく続くかと思われた。それほどふたりは口舌奉仕に熱中していたのだ。

だが、経験に勝《まさ》る秋子が変化をもたらす。

「健児くん、もっと気持ちよかこつしてあげる」

不意に彼女は言ったかと思うと、健児のアヌスに指を這わせてきたのだ。

尻への違和感に健児は思わず呻き声を上げる。

「うぐっ……秋子さん、な、何を――」

「ええかい、力を抜いて」

秋子は自分の指に唾を塗りつけ、放射皺《じわ》を揉むように寛《くつろ》げていく。

驚きと羞恥に健児は一瞬、舐めるのを忘れてしまうほどだった。

「あ、ああなんでそんなところを……ううっ」

「怖がらんでよか。気持ちよくしてあげたいだけやかい」

「ふうっ、ふうっ」

未知への不安はあっても、結局彼は逆らいはしない。肉の交わりは初めてにしろ、彼女に対しては昔からの信頼があるからだ。

やがて秋子の指は直腸へと差し込まれていた。

「こげんこつ初めて？」

「も、もちろんですよ……」

「みたいやな。ほら、リラックスして」

彼女は話しかけながら、入れた指を中でグリグリと動かした。

「はうっ、ううっ」

身悶える健児。尻に異物感があるだけで、気持ちいいかどうか分からない。

しかし、秋子は指遊びをやめなかった。

「うん、よか感じや。オチ×チンがヒクヒクしとう」

弄《もてあそ》ぶように言うと、おもむろに肉棒を咥え込んだ。

フェラチオの分かりやすい快感に健児は呻く。

「うっは……秋子さん」

「んぐ、じゅるっ、じゅぽぽっ」

秋子は音を立ててしゃぶりつつ、尻の指も蠢かせた。

するとどうだろう、これまで重苦しい感じでしかなかった指挿《い》れが、海綿体に得も言われぬ充実感をもたらしてきたのだ。

「はうっ、ヤバ……ぐぅ、チ×ポが」

「じゅっぷ……どう？　気持ちよかことなってきたやろ」

「は、はい。なんか、変な気分に」

このときの健児は知らなかったが、彼女は前立腺をマッサージしているのだった。尻奥の前側、すなわち玉の裏辺りを指の腹で押すことで、男の性感帯を刺激しているのだ。

もとより勃起している肉棒が、さらに硬直していくようだった。

「ああ、ダメです。秋子さん、お、俺――」

「んー？　よかやろ。もっと気持ちよかことなってええが」

「ふうっ、ふうっ。んああ……」

ペニスが膨張していくのと反対に、身体から力が抜けていくようだ。

秋子は若い男を責め立てるのに夢中らしく、彼が身を捩っても咥えたモノを放そうとはしてくれない。

「んふうっ、おいひ――」

なんていやらしいのだろう。健児は肉体に感じる愉悦のほかに、秋子の秘められていた欲望の深さに目を瞠《みは》った。良母の鑑《かがみ》のように思っていた彼女も、ひと皮剝《む》けば男のアヌスをいたぶるような性戯に熱中している。

「ううっ、秋子さん……」

健児はたまらず割れ目にむしゃぶりついた。

「びじゅるるっ、じゅぽっ」

「んふうっ、んんっ！」

すると、さすがに秋子も身悶える。それでも竿穴責めはやめなかった。

健児は悦楽が迫り来るのに比例して、ますます口舌奉仕に励んだ。

「うふうっ、べじょろっ、じゅぽっ」

ぬらつく割れ目に鼻面《はなづら》を埋め、顔中を牝汁塗れにして舐めたくる。

彼の努力は熟女を悦ばせたものの、ますます激しいストロークと尻弄《いじ》りを加速させる結果となった。

「んぐっ、じゅぽっ、んふうっ」

とそのときだった。健児の身体に電撃が走り、肉棒が白濁を解き放った。

「あっ、ダメだ……っ！」

射精につきものの予兆などまるでなかった。それは突然、あまりに唐突に起きたのである。

「出る——んああ……」

そう言ったときには、すでに彼女の口中に射精していた。健児は一瞬気を失いかけそうになる。絶頂は暴力的なほどであり、飛ばす勢いもこれまで感じたことのないものだった。

一方、秋子は突然の暴発を予想していたようだ。

「んぐっ……ごくん」

大量の精液をしっかり受け止め、しゃぶりついたまま飲み干してしまう。

全部出し切った後も、しばらく健児は自分に起きたことが理解できなかった。

「ハアッ、ハアッ、ハアッ。すいません、気持ちよくてつい――」

「よかて。濃いのがいっぱい出たな」

「ええ。もう何が何だか」

「よかったやろ。健児くん、女の子みたいな声出しとったで」

こうして健児は、熟母の手ほどきで前立腺の洗礼を受けたのだった。

「ハアッ、ハアッ。べちょろっ、じゅぱっ」

健児は横たわる秋子の股間に顔を埋めている。口内発射させてもらったお返しに、彼がたっての口舌奉仕を申し出たのだ。

「ああん、ハァン、うんっ」

秋子も彼の申し出を喜んだ。クンニしやすいよう、大きく脚を開いて男の愛撫を受け入れている。

熟女の蜜壺は、とめどなくジュースを噴きこぼした。これまで抑えつけてきた欲望が、蜜液となって表われているようだった。

「んぱっ、じゅるるっ、ぴちゃっ」

懸命に舌を働かせる健児は、自分がクンニ好きであるのに気付く。いくら舐めても飽きることがないのだ。とりわけ相手が友人の母であることが、何かいけないことをしているようで欲望を駆り立てるのだった。

「あっ、あんっ、イイッ。健児くん、上手やが」

彼が責め立てるほど、秋子の喘ぎは甘ったるさを増していく。盛んに身をくねらせ、熟した肉体がうねるさまは、経験の少ない健児に自信を与えた。

「秋子さんのオマ×コ、美味しい」

健児の舌は花弁をなぞり、蜜壺にも差し込まれ、疑似《ぎじ》ペニスの役を果たす。そうしてすくい上げた愛液を舌に乗せて、また媚肉を濡らしていった。

そしてふと見れば、ぷっくり膨れた肉芽があった。菜々実との初体験では、女性器の細かい部分まで分からなかった。あまりに無我夢中だったので、複雑怪奇な女の仕組みを理解する余裕などなかったのだ。

だが、二度目となる今回は、しっかり目を凝《こ》らしていた。秋子のクリトリスが比較的大きく、見分けやすかったというのもあるだろう。

「秋子さんのクリ――」

健児は小指の先ほどもある肉芽に吸いついた。

「んああっ、ダメえっ」

すると、とたんに秋子が顎を持ち上げていななないた。

これに健児はますます発憤し、舌先で尖りを転がした。

「むふうっ、ちゅるっ、レロレロッ」

「ハアン、あんっ、ああっ、感じちゃう」

秋子の内腿が引き締まり、尻がわずかに持ち上がる。

口に含んだ肉芽はさらに膨張していく。男の逸物と同じように勃起しているのだ。

「ちゅぱっ、レロ……秋子さん、気持ちいい？」

「うん……あふっ、てげよかっちゃが。おかしく……なりそう」

秋子は忙《せわ》しい呼吸の下で、盛んに悦楽のさまを訴える。

いまや健児もわざと音を立てて吸い、互いの淫欲を煽《あお》るようにまでなっていた。

「ふうっ、ふうっ。じゅぱっ、レロレロ」

「はうん、イイッ。あっ、ダメ――」

ふと秋子が感じ入ったように背中を反らす。

「健児くん、お願い。わたしの中にきて」

「ぷはっ……秋子さん」

熟女に甘え声でねだられ、健児も思わず顔を上げる。

すると、蕩《とろ》け顔の秋子が諸手《もろて》を差し伸べて誘っていた。

「もう我慢できんの。太かオチ×チンば、ちょうだい」

「う、うん……」

すでに硬直は復活していた。健児は彼女の上に這い上り、互いの望みを叶えるべく身構える。

「本当にいいんですか」

それでもなお確かめずにはいられなかった。今さらかもしれないが、やはり最後の一線を越えることに、一抹《いちまつ》のためらいはあったのだ。

だが、秋子に彼と同じような躊躇《ちゅうちょ》の影は見られなかった。

「よかに決まっとるっちゃが。ねえ、焦《じ》らしとんの？」

「そ、そんな……」

「なら、早くぅ」

彼女は言って、催促するよう舌を絡《から》めてきた。

「レロッ、ちゅぱっ……んふぅっ、きてぇ」

「秋子さん……お、俺——」

「わたしがこげん欲しがっとうよ。女に恥かかせる気？」

「まさか——うっ」

秋子は甘言を囁き、舌を絡めながらも、巧みに肉棒をたぐり寄せてきたのだ。

張り詰めた亀頭が、ぬめった粘膜に触れる。

「はうっ、秋子さんっ」

「ああっ、入ってきた」

蜜壺そのものに吸引力があるかのように、肉棒が呑み込まれていく。

気付いたときには凹凸がピタリと重なり合っていた。

「この感触。何年ぶりやろか——」

秋子はウットリとした表情を浮かべ、忘れかけていた男の感触を堪能《たんのう》する。

健児もまた、包み込まれる感覚に酔い痴れていた。

「秋子さんの中、あったかい」

「健児くんもっ、熱かことなっとるよ」

「まさか秋子さんとこんなことになるなんて——ああ、こうしているだけでヤバイです」

「そう？　わたしは昔から思っとったよ……。健児くんば、大人になったらよか男になるやろな、って」

秋子は、彼が思春期の少年だった頃から目をつけていたのだろうか。その真意までは測れないが、健児を奮《ふる》い立たせたのは間違いない。

「秋子さんっ」

感情の高ぶりとともに健児は腰を穿《うが》つ。

とたんに秋子も身悶えた。

「んはあっ、イイッ。これが欲しかったんよ」

「ハアッ、うはあっ、ヤバ——」

「あんっ、ああん。健児くんの、てげ太か」

「秋子さん、秋子さんっ」

健児が腰を突き出すたびに、媚肉はぴちゃぴちゃと湿った音を立てた。

「ハアッ、ハアッ」

蜜壺はぬめり、肉棒は得も言われぬ触感に包まれる。健児は彼女の両脇に腕をつき、本能の命ずるままに抽送《ちゆうそう》を繰り出した。

「ああっ、イイッ」

また秋子も乱れ、快楽に身を委《ゆだ》ねていた。刻まれた女の年輪が淫らさを強調するようだ。肉付きのいい腰回りは震え、逸物を咥え込んで離さない。自らも下から腰を突き上げては、悦びに声をあげるのだった。

「ハアッ、ハアッ。ああ、気持ちよすぎる」

健児は次第にたまらなくなり、両腕に彼女の太腿を抱え込んだ。

「ぬああっ、ふうっ、あああ……」

もっと深く突き刺したい。すでに挿入しているというのに、やるせない思いは募《つの》っていくばかり。その結果、おのずと振幅は大きくなっていった。

しかし、悦楽への没入という点では、秋子も負けてはいない。

「はひぃっ、あっ……そう、もっと」

身を捩り、顔を歪《ゆが》めて快楽に浸っていた。これまでずっと我慢してきたのだ。ひとり息子も独立した今、女の幸せを求めて何が悪いのか。あられもない痴態を晒す姿は、まるでそう言っているようだった。

ふたりとも、それぞれの立場で互いを求める点では変わりない。しかし、童貞を捨てたばかりの健児に対し、十分に女の悦びを知った上で我慢してきた秋子では、おのずと望む欲求にも違いがあった。

「あんっ……ねえ、健児くん」

「ハアッ、ハアッ。なんですか」

「わたしが上になりたいの。よか？」

「……ええ。もちろん」

不意に秋子が頼んできた。青年の直情的な抽送に不満を抱いたというわけでもないようだが、年上の女として、営みの深さ広がりを教えたくなったのかもしれない。

仰向けになった健児の上に、秋子が跨がりゆっくりと腰を落としていく。

「ああっ、熱いのが入ってくる――」

「はうっ、秋子さん」

反り返った太竿をぬめった肉襦袢《にくじゅばん》が包み込んだ。

「んふうっ」

腰を据えた秋子は満足そうに息を吐く。そのまま充溢《じゅういつ》した感覚を確かめるように、小さく尻を前後に動かした。

「やっぱり若かね。ちっとも衰えよらん」

「だって、うっ……秋子さんがエロくて綺麗だから」

「こげんおばさんでも？」

見下ろす熟女の顔は慈愛に溢れ、輝いていた。いつも微笑んでいるような目元は健児の記憶にある通りだが、このとき見た妖艶《ようえん》さは決して忘れないだろう。

「おばさんなんかじゃありません。秋子さんは——秋子さんだ」

女慣れしない健児には、その思いとは裏腹に、彼女を正当に評価する適当な言葉が見つからない。

だが、彼と同い年の息子を持つ秋子は、青年の声の響きに思いの真剣さをくみ取ってくれた。

「まあ、健児くんたら」

彼女は言うと、屈んで優しく口づけをした。

「まっこてよか男になったたっちゃがね」

「秋子さん……」

「好《す》いとうよ……」

秋子は再び上体を起こし、身構える。

そしておもむろに上下運動を始めた。

「あっ……んんっ、あんっ」

「はうっ、ううっ」

健児は呻く。竿肌をぬめった肉襞《にくひだ》が舐め擦るようだった。

「ああんっ、イイッ、あふうっ」

次第に秋子はリズムに乗って、悦びの波に身を委ねていく。

彼女が尻を落とすたび、肉と肉がぶつかり合う音がした。咥え込んだ蜜壺は、濡れた花弁を硬直に巻き付けて、太竿にぬめりの跡を残していった。

「ハアッ、ハアッ、ううっ」

健児は自分が動いていないのにもかかわらず、息を切らせていた。なんという悦楽。懐かしい顔を訪ねてみようと思っただけなのに、知らぬ間に旧友の母と肉を交えているという事実に、運命のいたずらを思わざるを得ない。

かたや秋子はこの瞬間に没頭していた。

「んああっ、健児くん。わたし――ああっ」

母親であるという普段の顔をかなぐり捨てて、大人の女が快楽に身も心も委ねるさまは淫らだった。

「ああん、はううっ、んんっ」

熟した肉体が激しく揺れ動く。それに合わせて乳房も、腰肉も、太腿も、ぷるんぷるんと震えるのだった。

しかし、とりわけ健児の目を奪ったのは、胸元に揺れるふたつの膨らみだった。菜々実の張り詰めた風船のようなそれと異なり、やや重たげにぶら下がった秋子の乳房は、悩ましくも淫靡に若者の欲望を焚《た》きつける。

「秋子さんっ――」

たまらず健児は起き上がり、勃起した乳首に吸いついた。

「じゅぱっ、ちゅううっ、じゅるるっ」

温かい女の身体を抱きしめて、母性の夢を舌で味わう。

とたんに秋子は喘ぎ声を上げた。

「あはあっ、健児くん……」

彼の情熱を是認するかのごとく、胸元の頭をかき抱く。

「むふうっ、ちゅぱっ、レロッ」

「あっ、あんっ、イイッ」

それでも腰を動かすのだけはやめなかった。

女の肌はしっとり汗を滲ませ、熱を帯びていた。健児の埋める鼻面に、男の夢を包み込むような、淡く甘やかな香りが広がっていく。

「秋子さん……はむっ、みちゅうっ」

「イイッ。もっと、強く吸って」

「ふうっ、ふうっ。ちゅううっ」

「んあっ、そう……よかよ」

健児の愛撫は劣情の命じるまま、勢い任せになってしまう。しかし、それさえも秋子を悦ばせるのだった。

「あふうっ、子宮に響く――」

感に堪《た》えかねたかのように、彼女は彼の頭を抱えたまま、横様に倒れ込む。

「むふうっ……んぱっ」

一緒に倒れた拍子《ひょうし》に、健児の口から乳首が離れてしまう。

その代わり、今度はふたりの顔と顔が向き合っていた。

「健児くん……」

「秋子さん」

おのずと唇が吸い寄せられていく。情熱的に舌が絡み、互いの口中から溜まった唾液を貪り合う。

「んふっ、ちゅるっ、むふうっ」

「ふぁう……レロッ、ちゅぱっ」

下半身は繋《つな》がり合ったままだった。秋子が片方の脚を開き、健児の腰を跨いだ形になっていた。

やがてふと舌を解いた秋子が言う。

「――中に出してよかよ」

「え……」

唐突な言葉に健児はとまどう。だが、それも一瞬のことだ。すぐに意味を理解すると、うれしさとともに強烈な欲望が湧き上がってくる。

「あ、秋子さんっ、俺――」

たまらず肉棒を抉《えぐ》り打つ。

膝を立てた秋子が身悶える。

「はうっ、すごか。健児くん、激し……」

「ハアッ、ハアッ、ハアッ」

側位で抽送するのは骨が折れたが、それ以上に愉悦が勝っていた。

ヘコヘコと腰を動かす健児に合わせ、秋子もまた恥骨を押しつけてきた。

「あふうっ、イイッ、んはあっ、もっと」

「オマ×コが……っくう、ヌルヌルして気持ちよすぎる」

「わたしも──感じるぅ。中で、健児くんが暴れとうよ」

「こんな風にしたら、俺……すぐにイッちゃいそうです」

「よかよ、健児くんの好きにして。わたしも、もう……んああっ」

互いの体温を身近に感じ、ふたりは腰を擦りつけ合った。

「ねえ、チューして。もう一回」

秋子は喘ぎつつ、盛んにキスをねだった。

当然、健児はその求めに応じる。

「はむっ……秋子さん、レロッ」

鼻を鳴らし、甘えた声で求める熟女を心から可愛いと思った。結局悦楽の果てには、年の差などたいした問題ではないのだ。

肉の悦びの前に、ふたりはただの男と女になっていた。

「ハアッ、ハアッ。ああ、もうダメかもしれない――」

「あんっ、あっ、イイッ。ダメ、わたしのほうが……はううっ」

騎乗位で交わっているときより、結合部のくちゅくちゅという音は高く鳴った。健児が腰を穿《うが》つたび、蜜壺はうねり締めつけてきた。

「ああん、よか。イク、イッてまう」

上気する秋子が限界を訴えてくる。

健児もすぐに果てそうだった。

「ああっ、秋子さんっ。ダメだもう――」

「イッて。わたしの中で……わたしももう」

「イクよ、イッちゃいますよ。本当に」

頭に血が昇った健児はがむしゃらに腰を振った。

彼の二の腕をつかんだ秋子の手が爪を立てる。

「はうっ、ダメ……イクッ、まこち――んあああーっ」

立てていた膝が倒れ、足指の先が反り返った。

「イクッ、イクッ、イクううっ！」

「うはっ、出るっ」

蜜壺がひと際きつく締めつけ、健児もたまらず射精した。

放たれた精液は瞬く間に胎内に広がる。

「あはあっ、健児くん……」

秋子は固く目を閉じ、媚肉で男の白濁を味わっていた。肌を桜色に染め、絶頂した瞬間は十年若返ったかのようだった。

「ハアッ、ハアッ、ハアッ、ハアッ」

「ひいっ、ふうっ。ああ、よかった――」

荒い息を吐きながら、しばらくふたりは絶頂の余韻に浸っていた。やがて結合が離れたとき、花弁は虚《うつ》ろに口を開けて、白く濁ったよだれを垂《た》らしていた。

いつしか子供たちの遊ぶ声は止《や》んでいた。日が傾《かたむ》きかけた団地では、そこここから夕食の支度をする匂いがただよってくる。

室内では、親子ほど年の離れた男女が全裸で侍《はべ》っていた。

劣情に任せた交わりも、果てた後には妙に醒《さ》めたひとときが訪れる。

「たまらんこつば、してしもうたな……」

背中を向けて横たわる秋子がぼそっと言った。

健児はかける言葉が見つからない。熟女の乱れた髪と丸い背中をただ眺めるばかりであった。

秋子がぽつりと言う。

「ごめんね」

「秋――おばさん……」

愁いを帯びた声の響きに、健児はおのずとかつての呼び方に戻っていた。

すると、秋子は大儀《たいぎ》そうな仕草で身体をこちらに向けた。まるで健児の顔を見るのが怖いが、そうするのが義務であると感じているようだ。

振り向いた目は潤《うる》んでいた。

「わたし、最低な女やが。久しぶりに訪ねてくれた息子の友達に――こともあろうに誘惑してしまいよったわ」

事を終え、我に返ったのか、秋子は自分のしでかしたことを後悔しているようだ。

その深い哀しみは、若い健児には計り知れない。だが、彼は秋子が好きだった。胸を衝《つ》かれ、否定せずにはいられなかった。

「違います。おば――秋子さんが悪いんじゃない」

「健児くん……」

「俺が……俺、実を言うと昔から、秋子さんのことが好きでした。正直なところ、ずっとエロい目で見ていたんです」

にわかに飛び出した告白に、秋子もとまどっている。

健児は続けた。

「家に遊びに来たとき、秋子さんの胸とか、チラ見するブラとかに興奮したりして。俺のほうこそガキのくせに、友達のお母さんを性の対象にしていたんです」

彼は必死に言い募るうち、なぜか分からないが涙がこみ上げてきた。

「一度でいいからおばさんの裸が見たい、って。できればセックスしたい、って、何度もその……オカズにしちゃってたし」

「もうよかよ。よう分かったけん」

秋子は胸を詰まらせた声で言うと、両手で彼の頬を支え、それ以上言わなくていいとばかりに唇を重ねる。

「秋子さん……」

「健児くんはやさしかね。変なこつば言いよって悪かったわ」

「じゃあ――」

「もう言わん。健児くんを子供扱いしよったのが間違いやった」

「よかった」

彼女が気を取り直したのを見て、健児はホッと胸をなで下ろす。

秋子は落涙していた。しかし、悲しい涙ではなかった。健児の拙《つたな》いが心のこもった侠気《おとこぎ》に救われたのだ。

「わたしも大好きよ」

彼女は言うと、キスの雨を降らせる。と同時に、手が鈍重になった肉棒をまさぐり始めた。

「今日だけは、女でいさせて――」

「秋子さん……ううっ」

健児は股間への刺激に呻きながら、喜びに胸を膨らませていた。二十歳近くも年上の彼女に男として認められたのだ。

キスはやがて淫らな舌の絡み合いへと化していく。

「健児くん」

「秋子さん」

そうして唾液を交換しながら、どちらからともなく起き上がる。その間も、ふたりはキスを止めようとはしなかった。

気付くと、彼らは向かい合って座っていた。

「健児くん、脚を伸ばして」

「はい。でも――」

「そこの座椅子に寄りかかったらええが。そん上に乗りたか」

健児は指示されたとおり、座椅子に尻を据えて脚を投げ出した。

すぐに秋子が太腿に乗ってきた。

「このオチ×チン、また欲しくなってきちゃったが」

目を見つめながら、彼女は半勃ちの肉棒を扱き出す。

「はうっ、う……」

すると、見る間にペニスが芯を持ち始める。すでに二回射精したが、互いに心のわだかまりを告白し、解消した今、新たな昂ぶりを感じているのだった。

肉棒が十分な硬さを見せると、秋子は腰を上げて蜜壺へと誘う。

「ん……ああっ、入ってきとう」

「おうっ、秋子さん」

こなれた媚肉はずるりと太竿を呑み込んでいく。

対面座位で挿入すると、秋子は尻を蠢かし、恥丘を押しつけてきた。

「はうん、んっ。健児くんのこれ、てげ硬か」

「ぐうっ……秋子さんのも、あったかくて気持ちいい」

「やっぱり若いってすごかね。こげんなわたしも初めてやが」

「大人の女性も……ううっ、たまりません」

「もう我慢できん。いっぱい欲しいっちゃが」

秋子は言うなり尻を上下に振り出した。

健児は身悶える。

「うはっ、ううっ。きっ、気持ちよすぎる」

「あんっ、あっ、これ、イイッ」

「ハアッ、ハアッ。ああ……秋子さん——」

秋子はM字に股を開き、弾むように腰を振った。

ずりゅっ、ずりゅっ、と音を立て、蜜壺は太竿を擦りたてる。座った姿勢での縦の刺激は、生身《なまみ》のオナホールで扱いているようだ。

「ハアッ、ハアッ。ああっ、秋子さん」

「んっ、ああっ、イイッ、はううっ」

髪を振り乱し、秋子は舞い狂う。罪悪感に苛まれていたことなど嘘《うそ》のように、彼女の顔は悦びに輝いていた。

「秋子さんっ」

思わず健児は目の前で揺れる乳房にしゃぶりつく。

「あんっ、ダメぇ……」

とたんに秋子はいなないた。甘ったるい、女丸出しの喘ぎ声だ。男の頭を胸にかき抱き、身を反らして快楽に酔い痴れた。

「ちゅぱっ、むふうっ、レロちゅぱっ」

乳房の暗がりに埋もれる健児も同様だった。熟した実は柔らかく、底の知れない母性で優しく包み込んでくれる。

しかし、先端に付いた種は固く勃起し、舌で転がすたびに悦びで丸ごと震えるのだった。

そうして夢中でしゃぶりつく彼を見て、秋子が言った。

「あんっ、健児くんばそげん吸って。赤ちゃんみたいやが」

指摘された健児は羞恥に顔を赤らめる。

「さっき子供扱いしないって、言ったじゃないですか」

「ううん、違うんよ。わたし、健児くんが可愛くてたまらんのやかい――」

秋子は、抗議《こうぎ》する彼の口を唇で塞《ふさ》いでしまう。

「んんっ、好いとうよ」

「俺も……です」

彼女が上から覆い被さる形で舌と舌が絡み合う。

秋子の舌は口中で舞い踊る。上顎の裏を撫で、歯を並び数え、また健児の舌を淫靡なダンスへと誘った。

「むふうっ、レロ……ちゅばっ」

かたや健児は彼女ほど巧《うま》くは踊れない。だが、若い彼には情熱があった。女の甘い息を吸い、唾液を貪り飲むことで愉悦を表現するのだ。

「んん……ふうっ、レロッ」

「ふぁう、ちゅばっ、るろっ」

夢中で舌を絡めながら、下半身もしっかりと繋がっていた。

「ぷはっ……あんっ、あふうっ」

やがて呼吸が苦しくなり、秋子は顔を上げた。

解放された熟女の肉体は躍動する。折り畳まれた膝がクッションとなり、健児の腰の上で縦に弾んだ。

「んはあっ、あっ……イイッ、感じるぅ」

「秋子さん。ああ、すごい……」

「ねえ、健児くんも感じとうと？」

「はい、もちろん……ううっ、ヤバイくらい」

ぬめった肉襞に太茎をねぶり回される。健児は呻き、仰《の》け反《ぞ》った。おのずと支える脚にも力が入り、筋肉が緊張するのを感じた。

「ハアッ、ハアッ、ハアッ」

「あんっ、ああっ、イイ……」

そうしてあまりに激しく交わっていたせいか、椿事《ちんじ》が起きた。健児の寄りかかっている座椅子の背が、突然倒れてしまったのだ。

「うわっ」

体重を支えきれなくなった背もたれがガクンと倒れ、健児は後ろ倒しになった。クッションがなければ、したたかに背中を打ち付けていたところだ。

だが、秋子のほうはさほど驚きもしなかったらしい。

「大丈夫？」

一応、心配はするものの、彼の安否を確かめると、これ幸いと騎乗位で続きを始めたのである。

「あんっ、ああっ、奥に響く――」

彼の腹に両手を置き、一心不乱に上下運動に励む。全身の毛穴から汗を噴き出し、懸命に揺れるさまは、バランスボールの上で淫らなスポーツを楽しむ熟女を見ているようだ。

「健児くぅん、わたし――んああっ、ずっとこうしていたい」

「俺も……ぐふうっ、ああっ秋子さぁん」

秋子の蕩けた顔を眺め、健児の胸は自尊心に膨らむ。こんな年上の女を自分の肉棒が悦ばせているのだ。たとえそれが二回射精した故の持久力だとしても、牡としての自信を満たすには十分だった。

「んああっ、わたしもうダメ……」

やがて秋子は言うと、彼の上に倒れ込んできた。

「秋子さんっ」

健児は柔らかなその肉体をしっかりと抱きとめる。

「大好きだ」

「わたしも」

秋子の激しい息遣いが耳元を打つ。熱く、切ない熟女の劣情。

健児はしっとりした背中を抱きながら、腰をしゃくり上げる。

「ハアッ、ハアッ、おおっ……」

「んあっ、健児く……はううっ」

秋子は喘ぎながらも、彼女は彼女でなお尻を蠢かすのだった。

（なんていやらしいんだ——）

四十路女の貪欲《どんよく》さに健児は舌を巻く思いだった。少年時代の彼が知る秋子は、どこにでもいる愛情に溢れた母親でしかない。それ故に、暗い欲望を抱いている自分に罪の意識を感じていたのだ。

だが、いまやどうだろう。愉悦に浸る彼女は母親ではなく、ただの女になっているではないか。

しかし、今の秋子こそが、本当の姿なのかもしれない。

「あんっ、んはあっ、あっ、あうぅ……」

「ハッ、ハアッ、ハアッ、ハアッ」

肌と肌を密着させ、結合部はぬちゃくちゃと音を立てている。盛んに牝汁を噴きこぼす媚肉はますます蕩けていき、このまま形を失ってしまうのではないかとすら思われた。

胸にのしかかる女体の重みがなんとも心地よい。

「秋子さんのオマ×コ……ああ、ヤバイ」

「んふうっ、ああっ……てげ気持ちよか。わたしまた——あああっ」

「秋子さんも、気持ちいいですか」

「うん。健児くん、すごかよ。ねえ、キスして」

秋子は言うと、おもむろに顔を上げて唇に吸いついてきた。

「ふぁう……レロッ。出して。健児くんの思い出をわたしの中に残して」

「秋子さん……」

熟女の魂からの叫びが健児の胸に突き刺さる。きっと若い女には出せないであろう、哀切と欲望に満ちた声だった。

「秋子さん、俺——」

人生経験の浅い彼には、返す言葉は見つからない。だが、彼には汲めども尽くせぬ肉欲があった。そそり立つペニスこそが答えだった。

健児はさらに気合いを入れて、肉棒を斜め下から抉り込む。

「——うおおっ、ハアッ、ハアッ」

その思いと悦楽は秋子にも伝わった。

「はひいっ……んあああ、健児くぅん」

彼女はグッと身を縮めるようにして、激しい抽送を受け止めた。もはや自ら動くこともできないようだった。

「イイッ、もっと。お願い……んはあっ」

「イキますよ、また……ううっ、ハアッ」

「きて。ああっ、欲しいっ。全部」

「ぬああっ、秋子さーん」

健児は腰も壊れよとばかりに抉り打つ。腰を支点にして、彼女の身体をしっかり抱きしめながら、あらん限りの抽送を繰り出した。

「ああーっ、イイッ。ダメッ、イクううっ」

うつ伏せの秋子が喘ぎ悶える。括約筋《かつやくきん》が締まり、蜜壺は肉棒をきつく食い締めてきた。

健児はもはや限界だった。

「うはあっ、すごいっ、出るっ……」

身体の奥底から熱い塊が迸《ほとばし》る。白濁は肉棒を駆け抜け、健児から肉体のコントロールを奪い取り、勢いよく子宮口へと叩きつけた。

その瞬間、秋子が腹から声を出す。

「あああっ、イクッ!」

待ち受けていた媚肉は男の精を吐かれ、悦びに打ち震えた。秋子は俯《うつむ》いていた顔を上げて、全身で登頂の感動を表わした。

「うふうっ、また――」

だが、絶頂は一度きりではない。いったん崩れかけた肉体は、二度三度と緊張を取り戻し、その都度彼女は歓喜に顔を輝かせた。

「あふうっ、ああ……」

「ううっ……あああ」

そして、ふたりがほぼ同時にイキ果てたのだった。

しばらくは身動きすらできず、秋子は健児の上でぐったりとしていた。互いの荒い息を聞き、満足感に浸っていた。

やがてひと息つくと、ようやく彼女が上から退《ひ》いた。

「ああ……もうダメ……」

「おうっ……」

結合を解いた瞬間、敏感になった肉棒がビクンと震える。

一方、秋子の媚肉も悦楽の余韻を残していた。不規則にヒクつく花弁は、飲み過ぎた後のようにだらしなく濁った汁を垂らすのだった。

事後はふたりとも言葉少なだった。肉体の満足感と同時に、やはりどこか気まずさを感じていた。


「――じゃあ、そろそろお暇《いとま》します」

服を着た健児はどうしていいか分からなかった。もはやただの母親と息子の友人には戻れないような気がする。

だが、秋子は大人だった。

「お正月にはあの子も帰ってくるけん、また遊びに来よってな」

「はい。そうします」

そう言って送り出してくれたのだ。

外に出た健児は、自転車を引いて歩いて帰ることにした。暮れなずむ懐かしい町を眺めながら、幼き日々の思い出が次々に胸をよぎる。

だが、それは遠い過去だった。

秋子と交わったことを後悔しているのではない。ただ、もはや子供ではいられないのだという思いが、切々と胸に訴えかけてくるのを感じるのだった。

第三章　先輩の彼女は人妻に

吉田の家に行った日からしばらく後。健児が家にいると、どこで聞きつけたのか、中学時代の同級生から電話がかかってきた。

「おう、健児。久しぶりやな」

「その声は——岡村《おかむら》か」

「じゃが。田中《たなか》も一緒や。何しとん、きさん」

「何……って。それよりよく知っとったな、俺がおること」

懐かしい声を聞き、健児もおのずと田舎訛《なま》りが口をつく。

結局、久しぶりに会おうということになり、男友達三人でボウリング場に集まることに決まった。

岡村と田中のふたりは、吉田と同様、中学時代の悪たれ仲間だ。健児が東京に越してからも、数年に一度くらいは顔を合わせている。

しかし今度の帰省では、健児は誰にも帰ることを知らせていなかった。就職に迷っている宙ぶらりんな状態を知られるのに抵抗もあったのだ。

だが所詮《しょせん》、狭い田舎のコミュニティでは隠しおおせるものではなかった。

「俺は吉田に聞いてよ。なんや帰っとったんか、ちゅうて。な？」

「じゃがじゃが」

ボウリング場で顔を合わせるなり、旧友たちは口々に責め立てる。

すると、秋子は健児が訪ねたことを息子に伝えたのだ。さすがに肉を交えたことまでは言っていないだろうが、まだ記憶に新しいだけに、あの日のことを思い出すと下腹部辺りがつい熱くなる。

「別に内緒にしてたわけじゃないけど、お前らも忙しかろうと思ってさ」

健児が言うと、同級生ふたりは妙なものを見るような目つきをした。

「かぁ〜、せからしか。何が、『忙しかろうと思ってさ』や」

「東京人ぶって好かんわ。しんきねー」

彼らは言うと、こそばゆいとばかりに体中を掻く真似《まね》をした。

その屈託のなさに釣られ、健児も後ろ暗さを忘れる。

「なーんがせからしかや。きさんら田舎モンと違って、こっちはとっくに東京の人間になっとんじゃ」

同級生らと過ごすことで、八年のブランクもいつしか消えてゆく。彼らのおかげで健児は久しぶりに心から笑うことができた。

それから三人はボウリング場で二ゲームほど遊ぶと、ショッピングセンターへと場所を移した。ボウリング場とショッピングセンターは、地方の若者達が集《つど》う二大スポットなのだ。

といって、ショッピングセンターで何ができるというわけでもない。自販機でジュースを買い、ベンチに座って駄弁《だべ》るのが関の山である。

買い物客の多くは車でやってくる。健児たちも行き交う人を眺めながら、ボンヤリと時を過ごしていた。

すると、店からひと際目立つ若い女が出てくるのが見えた。明るく染めた長い髪、スレンダーボディにピッタリとしたミニワンピを身にまとい、足下は歩きにくそうなピンヒールを履いている。

田舎には似つかわしくない派手な白ギャルだった。女は男の目を引くメイクでしゃなりしゃなりと歩いている。

だが、健児はその顔にどこか見覚えがあるような気がした。

「なあ、あそこで歩いているのって――」

「ああ、工藤《くどう》先輩やろ」

岡村が言うと、田中が続ける。

「今は工藤やなかけんな」

やっぱりそうだ。健児の記憶が蘇《よみがえ》る。工藤玲奈《れな》は彼らの二つ年上の先輩で、中学時代はイケメン彼氏とともに、学校一の美男美女カップルとして目立つ存在だった。

当時の玲奈は今ほどではないにしろ、中学生のくせにうっすらメイクしていたものだ。その大人っぽさが眩《まぶ》しく、中一だった健児などからすれば、手の届かない憧れの女性であった。

「今は工藤やなか、って結婚したん?」

「じゃが。知らんかったん?」

友人によると、現在玲奈は青果卸会社社長の妻に収まっているという。いわゆる玉の輿《こし》というやつだ。

「すっと、矢野《やの》先輩とはくっつきよらんかったんや」

「ま、そういうことやな」

健児は意外そうに言ったが、考えてみればごく当たり前のことだ。中学生カップルがそのまま結婚に至る方が、むしろ珍しいと言えるだろう。

玲奈は一瞬、こちらを見た気がしたが、そのまま歩調を変えずに駐車場を目指して歩き去ってしまったｄ。

その後ろ姿にボンヤリと見とれる健児に気付いた友人が、声をかけてくる。

「おい、健児。ケン坊」

「——え？」

「お前、あかんど。相手は人妻やかいな」

「な、なんば言うちょっとか。俺は別に……」

「いいや、お前は先輩の尻をエロい目で見とった。気持ちは分かるけどな」

健児をたしなめる岡村に対し、田中は興奮を隠せないようだった。

「そげん言うちょってかい、実際たまらんじゃろ」

「じゃがじゃが。田中の言うとおりやが」

「本当にきさんらは……。まあ、俺も中坊の頃は工藤先輩で何度もシコっとったけんな」

岡村が言うと、三人は声を合わせて笑った。気のおけない友人との猥談ほど男同士の絆《きずな》を深めるものはない。

た。

だが、それ以上でもそれ以下でもない。玲奈は、昔も今も遠くから眺めるしかない憧れだった。三人はそれからしばらくベンチで粘ると、再会を約束して別れたのだった。

ところが翌日、その玲奈からＳＮＳに連絡があったのだ。健児のＩＤなど知るはずもないが、誰かから聞いたらしい。

ともあれ玲奈は彼と会いたいと言う。

（なんで先輩が俺なんかに――？）

昨日ショッピングセンターで見かけた際、一瞬だが目が合ったような気がしたのは勘違いではなかったのか。中学のアイドルが自分の存在を認識していたというだけでも健児は昂揚《こうよう》してしまう。

それから数回のやりとりの末、玲奈が家に訪ねてくることになった。

「こうしちゃいられない」

スマホを置くと、健児は慌てて部屋を片付け始めた。

玲奈いわく、東京に越した彼にいろいろと聞きたいことがあるらしい。なるほど、それなら分かる。逆にそういう理由でもなければ、彼女が自分に会いたがるわけがないからだ。

そして昼下がり、はたして玲奈はやってきた。高級ＳＵＶを自分で運転し、颯爽《さっそう》と現れたのだった。

「ごめんね、急に。久しぶりやが」

玄関に出迎えると、彼女は気さくな調子で話しかけてきた。

一方、健児は「憧れの先輩」を前に緊張を隠せない。

「ご、ご無沙汰しています……」

この日も玲奈は派手だった。身体にピッタリしたカットソーは臍《へそ》も肩も丸出し、腰穿きしたデニムのミニスカも太腿の付け根までが見えている。足下はピンヒールのサンダルを履いていた。

「お邪魔してよか？」

見惚《みと》れていた健児は声をかけられ、ハッと我に返る。

「ど、どうぞ。汚いところですが」

「失礼しまーす」

彼女は言いながら、踵《かかと》を蹴り上げてサンダルを脱ぐ。すると一瞬、ミニスカートがまくれ上がりそうになり、健児は慌てて目を逸らした。

とても既婚者には見えない。和室の居間に上がった玲奈はそれほど異質な存在に思えた。

「そこに座っててください。今、お茶を淹れますから」

「あら、よかよ。そんな気を遣わんで」

彼女が部屋にいるだけで、いつもの居間が華《はな》やいだようだ。窓を開けていたが、それでも甘くどぎついまでの香りに満たされていた。

健児は台所で冷茶を淹れながら、胸が騒ぐのを抑えきれない。

(相手は人妻なんだ。話を聞きにきただけだからな)

自分に向かって必死に言い聞かせるものの、彼女の全身から放たれる色香にすっかりあてられていた。

「どうぞ。麦茶ですけど」

「ありがとう――あー、冷たくて美味し」

健児は卓袱台を挟んで向かい側に腰を下ろした。それ以上近づいたら、理性が崩壊してしまいそうに思えたのだ。

かたや玲奈は気さくに話し始めた。

「だけど、すっかり大人になったね。昨日お店で見かけたときは、ほかの子達がおらんかったら健児くんと分からんかったやろな」

「え。そうなんですか」

すると、目が合ったのは気のせいではなかったのだ。ただでさえ昂揚しがちな健児の胸がドクンと高鳴る。

「ところで覚えてる、中学生のとき？　ウチが珍しくひとりで帰っとったら、橋の所で野良犬が現れて――」

「あー、耳をケガした茶色い犬」

「そうそう、それ。ウチ、犬苦手やって動けずにおったら、健児くんが来て追っ払ってくれたんよな」

健児は忘れもしなかった。何しろ玲奈と直接関わったのは、その一件くらいしかなかったのだ。

(先輩も覚えていてくれたんだ)

学校一の美男美女カップル、ファッションアイコンだった玲奈が、そんな些細《ささい》な事件を記憶していることが意外だった。

それからも彼女は昔話を続けた。東京の話はどこへ行ったのだろう？　と健児は不思議に思わないでもなかったが、それ以上に玲奈と差し向かいでいること自体が何か特別なことをしているようで、さして気にはならなかった。

玲奈の話では、中学時代の彼氏とは高校に入って間もなく別れたのだという。

「ありがちやけどね。高校生になると、互いに違う世界が見えてくるやろ？　なんとなくフェードアウトって感じやったわ」

「へえ、そうだったんですか」

「健児くんは？　東京に可愛い彼女がおるっちゃろ」

突然自分に話が振られて、健児はドギマギしてしまう。

「あ、いえ僕は……。そういうのは全然」

曖昧《あいまい》に否定すると、玲奈は心底驚いたように両手を口に当てた。

「えーっ、ホンマ？　健児くんイケメンやし、絶対モテると思うけどな」

そのとき玲奈は膝下を外側に流す、いわゆる「ペタンコ座り」をしていたのだが、ビックリした拍子に尻が浮く形になり、ミニスカの奥に白いものがチラリと顔を覗かせたのだ。

「い、いやあ……」

健児は謙遜《けんそん》しながらも、その一瞬をしっかりと目に焼き付けていた。人妻とは言え、相手は二つ年上というだけの二十五歳。突き抜けるような白い肌が眩しく、陰になった内腿は男の視線を引きつけずにはいられない。

するると、どうだろう。玲奈は彼の視線に気付いたとでもいうのか、不意に目を細めて意味ありげにほくそ笑んだように見えたのだ。

だが、笑みは一瞬で消えた。彼女は言葉の調子を落として続けた。

「ウチな、結婚して失敗したかなって思うちょるの」

「え……」

いきなり亭主の愚痴が始まり、健児はとまどう。

玲奈は盛んに髪をかき上げながら語った。

「ウチなんかずっと地元やろ。結婚する前に一度でよかっちゃけん、上京するべきやったわ」

「ああ、そういうことでしたか」

「そうやが。健児くんはどう？　東京で暮らすんは楽しい？」

彼女は訊ねながら卓袱台にグッと身を乗り出した。おかげでカットソーから胸の谷間が露わになる。

目が眩《くら》むようだ。健児はバレないように生唾を飲む。

「ど、どうって。僕はたんに……その、父の仕事の都合でしたから」

「近くで見ると、健児くんの目って綺麗なんね」

「あ、いや……そんなジッと見られると――」

「チューしよか」

玲奈の目はカラコンが入っているせいで、青みがかった明るい色をしていた。グロスを塗った真っ赤な唇が食欲をそそった。

だが、健児は理性の力で必死にこらえる。

「やだなあ。からかわないでくださいよ」

笑いに紛《まぎ》らわそうとするが、玲奈は顔を側寄せたまま引こうとしない。

「ウチの旦那、よそで女作っとんの」

「そ、そうなんですか……」

「酷《ひど》いと思うやろ。ウチも少しくらい羽目を外しても、ええっちゃろ」

唇との距離は五センチくらいしかない。玲奈の甘い息が彼の鼻をくすぐった。

健児は心の中で葛藤する。本気で誘惑しているのだとしても、人妻は人妻だ。しかも、亭主は地元でそれなりに地位のある人間だった。狭い田舎ではあっという間に噂になってもおかしくない。彼自身はやがて東京に帰る身だとはいえ、やはり一歩踏み出すのはためらわれた。

「僕は……その、えっと……」

健児がモジモジしている間に、玲奈は卓袱台を回ってにじり寄ってきた。

「ウチな、昔から健児くんのこと、可愛いって思っとったんよ――」

吐息混じりに彼女は言うと、健児の手を取ってきた。

「せ、先輩……」

「寂しいの――」

原色のネイルが目立つ手で導く先は、ミニスカートの中だった。

健児の指先にパンティーの生地が触れる。

玲奈は後輩の興奮する顔をジッと見つめていた。

「ここ、分かる――？」

「うう……」

「熱くなっとんの」

股間に押し当てられた指が、何か柔らかいものを感じる。湿り気を帯びた温もりに健児は昂ぶらずにいられない。

「工藤先輩……その……」

「玲奈って呼んで」

「れ、玲奈——さん、俺……」

「健児くんも熱くなっとん？」

玲奈は言うと、彼の股間をまさぐってきた。

思わず健児は身悶える。

「うっ……ヤバいっす。そんな」

逸物は芯を持ち始めていた。しかし、彼はまだ迷っていた。これは何かの罠ではないか？　かつて何度も夢見た場面だが、現実に起こるとはにわかに信じられない。

だが、指先に感じる媚肉の温もりは本物だった。

「あんっ、んっ……」

彼が指を動かすと、玲奈は色っぽい声をあげた。

「ハアッ、ハアッ……」

「健児くんの触り方、てげエッチなんね」

そう言って、玲奈はお返しとばかりに、彼のズボンを脱がせ始めた。

「ああ、玲奈さん……」

羞恥に健児の全身が熱を帯びる。

彼女がジッパーを下ろしたとたん、辛抱しきれないというように勃起物がぴょこんと飛び出した。

「もうこげん大きくなっちょる」

「だ、だって――」

「ウチとエッチしたい、って思ってくれたことある？」

玲奈は顔を覗き込むようにして訊ねる。

男好きのするその顔に、健児の胸は引き裂かれた。ここまで明白に誘惑されて、いったい誰が欲望に逆らえるだろう。

彼女はやがて肉棒を抜きだした。

「はうっ……マズいよ、玲奈さん」

「何がマズいん？　ウチがしたい、って言っとんやで」

つやつや光る唇がぽっかり開き、ぐんぐん近づいてくる。暗がりの奥には、濡れた舌が覗いていた。

（もう我慢できない――）

健児は唇にむしゃぶりついた。

「はむっ……べちょろっ、ちゅるっ」

「んっふう、レロッ……ちゅばっ」

理性は崩壊した。健児は無我夢中で女の舌を吸った。甘い息を貪り、のたうつ舌を必死で追いかける。

「んんっ……ふぁむ……」

玲奈もウットリしたような顔を浮かべ、舌を口中深くまで差し込んできた。その間も、彼女の細い手は太い幹を扱いている。

「んふうっ、んっ」

「んふぁ……あううっ、玲奈さん」

「最初からそのつもりで来たんよ」

耳元で囁くように言われたセリフに、健児は頭をガンと殴られたように感じる。

「玲奈さんっ」

「あぁっ――」

押し倒したのは健児だが、そこへ追い込んだのは玲奈だった。若い頃からチヤホヤされ、羨望《せんぼう》の目で見られてきた彼女にとって、血気盛んな青年を誘惑することなど朝飯前なのだろう。

仰向けになった後も、玲奈はリードし続けた。

「服、脱がせて」

「は、はい……」

簡単な指示さえあれば、劣情に駆られた男など操るのは簡単だ。健児は返事すると、熱に浮かされたように彼女の服に手をかけた。

身体の一部しか覆っていないカットソーは首から抜かれ、短すぎるデニムスカートも取り払われる。

ランジェリー姿の玲奈は美しかった。

「綺麗だ――」

スレンダーな身体には染みひとつない。胸元を強調するためか、ハーフカップのブラに下も同じ柄のセットアップ。白かと思われたパンティーは、実際見ると薄い紫色だった。

「どげんしたん？　健児くんの好きにしてよかよ」

「え、ええ……」

興奮のあまり、健児はかえって動けない。夢の女が夢でしかなかったときは、あれもしたいこれもしたいと妄想を逞しくしたものだ。しかし、いざ目の前に差し出されてみると、緊張と不安が先立ってしまう。

その様子を見かねた玲奈が自ら動く。

「オッパイ見たいっちゃろ。よかよ、ほら——」

寝たまま背中に手を回し、ブラジャーを外したのだ。

こぼれ出た乳房は決して大きくはない。だが、見事なお椀型《わんがた》をしていた。

「玲奈さん……」

「見て。ウチ、乳首勃《た》っとんの」

度重なる挑発に、さすがの健児も欲情が勝った。

「玲奈さんっ……はむっ」

ピンク色に尖った乳首にむしゃぶりついた。

とたんに玲奈は声を上げる。

「んあっ……健児くん」

「ふうっ、ふうっ」

健児は乳首を舌で転がし、もう一方を手で揉みしだいた。手のひらにちょうど収まる膨らみは、その大きさの割に柔らかく、いかようにも形を変えた。

「あんっ、あっ、んふうっ」

玲奈は小刻みに喘ぎ、悩ましい表情を浮かべる。

白い肌はみるみる上気していった。うなじから胸元にかけて、パッと花が散ったように桜色に染まっていく。

「ふうっ、ふうっ。玲奈さん──」

健児は鼻息も荒く、首筋へと舌を這わせていった。

「ああん、ダメぇ……」

すると、玲奈は悩ましい声をあげる。逃れようとでもするように顔を背《そむ》け、愛撫に乱れるのだった。

やがて乳房にあった手は、彼女の平らな腹を這い下りていく。

パンティーのウエストをくぐり、恥毛の草原を通り過ぎる。すぐ下には湿った裂け目が口を開いていた。

「濡れてる」

「んああっ、そこっ」

指先がヌルヌルした蜜を捉えると、玲奈は顎を上げて身悶えた。

「すごい、ビチョビチョだ」

健児は興奮して割れ目を弄った。媚肉が指に絡みつき、ほじるように動かすと、くちゅくちゅと音を立てる。

「あんっ、あっ、イイッ、ダメ……」

玲奈は感じるほどに甘えた声を出した。

「ねえ、オマ×コ舐めて」

「……いいんですか」

「お願い」

これが人妻なのだろうか。玲奈は遠慮なく自分の望みを口にした。あるいは元々の性格かもしれないが、真実は彼の知る由《よし》もない。

健児としても彼女の要望は望むところだった。

「ハアッ、ハアッ」

足下に移動し、パンティーに手をかける。高級素材の下着は肌触りも軽く、脱がせるのに苦労することはなかった。

「ああ、これが——玲奈さんの……」

切れ込んだ股ぐらは毛が薄く、濡れ光る恥部が丸見えだった。

ほのかに漂う牝臭が股間を直撃する。健児はそこに顔を埋めた。

「はむっ……びちゅるるるっ」

「あ……っひ。ああん」

舌が舐め回すと、玲奈は悦びの声をあげた。

「むふうっ、じゅるっ。ああ、玲奈さん──」

思春期の夢が叶った瞬間だった。こうなることを中学生の自分が知ったらどれほど興奮するだろう。健児は感無量で秘部を貪った。

誘った玲奈もますます昂ぶっていく。

「舐めて、そこ……あっ、上手──」

息を荒らげ、間男の奉仕に身を震わせるのだ。

健児は尖らせた舌を蜜壺に差し入れる。

「じゅぷっ、じゅぷぷぷっ」

「はうん……ああっ、健児くんいやらしい」

「ハアッ、ハアッ──じゅぷっ」

「そんな風に……ああん、オチ×ポ挿れるっちゃね」

玲奈は言い、舌を肉棒に見立てた愛撫を悦んだ。

「もっと……玲奈をグチャグチャにしてぇ」

興奮も露わに、スラリとした脚を彼の首に巻き付けてくる。

縛められ、牝臭に囚《とら》われた健児は幸せだった。

「うう、玲奈さんのオマ×コ……」

このまま世界が終わっても構わない。彼は鼻面を花弁に埋め、果たし得なかった夢の園を心ゆくまで探検した。

玲奈の割れ目はとめどなく蜜を噴きこぼした。

「あんっ、ああっ、そげんペロペロして――」

「だって……玲奈さんのここ、美味しいから」

「ああん、可愛かった健児くんが、立派にエッチな大人になっとう」

「ふうっ、ふうっ」

古い家にはふたりの息遣いの音、粘膜が触れ合う音が鳴り響いていた。加えてときおり玲奈の喘ぎ声が窓から漏れたが、隣家とは距離があるため、他人に聞かれる心配はなかった。

「ああっ、ダメ。ウチ、もう欲しくなってきよった」

こらえきれなくなった玲奈が身体を起こす。

健児の顔が股間から引き離された。

「健児くんのオチ×チン、ウチのオマ×コに挿れて」

彼女は上気した顔で挿入をねだる。

あからさまな要求に健児は奮い立った。

「玲奈さんっ」

「あんっ」

健児は飛びかからんばかりにして、彼女を押し倒す。玲奈は再び横たわりながら、牡の劣情を歓迎するように誘った。

「ハアッ、ハアッ」

ペニスはこれ以上ないほどに膨張している。竿肌には血管が浮き、鈴割れはボトボトと大量の先走りを垂らしていた。

健児も三人目とあって多少は慣れてきた。硬直を指で支え持ち、慎重に狙いを定めて挿入する。

「うう……うはっ」

「あうっ……入ってきた」

蜜壺はぬるりと肉棒を受け入れた。スレンダーボディの割にふんわり包み込むような膣だった。

健児は根元まで差し込み、しばらくその触感を堪能した。

「ああ……玲奈さんの中、あったかい」

「ウチの中、健児くんでパンパンになっちゅうが」

「けど、本当に——いいんですか」

「ここまで来て、なんば言うちょっとか。健児くんもしたかったたんやろ」

「ええ。俺、中学の頃から先輩に憧れていました」

「ウチにオチ×チン挿れたかったたん？」

「はい、ずっと……。だから、夢みたいです」

「どれくらい？」

「どれくらい、って……。だって、あの頃クラスの連中はみんな、工藤先輩でシコってたんですよ」

「やだ。健児くんも？」

「——ええ、はい」

「ヘンタイ」

その言葉とは裏腹に、玲奈はうれしそうだった。古き良き時代が懐かしいのだろうか。過去の栄光に縋《すが》る辺りを見ると、亭主とうまくいっていないというのは本当なのかもしれない。

しかし、今も彼女は十分に魅力的だった。

「玲奈さぁん——」

劣情に駆られ、健児は腰を振っていた。

「ハアッ、ハアッ、ハアッ」

「あんっ、ああっ、あふうっ」

肉棒は十分なぬめりをまとい、蜜壺を抉りたてる。

恥骨がぶつかり合うたび、肉と肉が打ち合わされる音が鳴った。

「はひっ、イイッ……ああん、これやが」

玲奈は顎を反らし、抽送に身を委ねる。夫婦の営みがどれくらいなかったのか分からないが、その表情が全てを物語っていた。

「硬いの、好きっ……」

悦びを口にしながら、自らも下から腰を突き上げてくるのだ。

人妻の貪欲さを目《ま》の当《あ》たりにし、さらに健児は加速する。

「ハアッ、ハアッ、ああ、玲奈さん……」

「ああん、よか。よかっちゃが、健児くぅん」

しまいには健児が上で耐え、玲奈が一方的に突き上げる恰好になった。

攻守交代するにはいいタイミングだった。

「今度はウチが、上になってよか？」

「は、はい……」

菜々実や秋子も淫乱だったが、玲奈はまた格別なようだ。若妻として欲求不満なのは確かなのだろうが、彼女の場合、元が多情なのかもしれない。中学時代は有名カップルの印象が強かったせいか、目に付かなかっただけなのだ。

年下の男を組み伏せた玲奈の目は妖しく輝いていた。

「今日は健児くんのでいっぱい気持ちよくしてね」

「はい……」

魅入られた健児はなすがままだった。

玲奈は逆手に肉棒を持ち、前屈みになりながら尻を落としていった。

「あ……来た」

「ほうっ」

そそり立つ肉柱を熱いぬめりが包み込んでいく。

「あああ……」

尻を据えると、玲奈はホッとしたように息を吐いた。

見上げる肢体はなまめかしかった。派手な髪色やメイクは邪魔にならず、白い肉体を彩り豊かに飾るデコレーションになっていた。この裸身を見て、抱こうとしない男がいるとは信じられない。

「綺麗です、玲奈さん」

健児が思わず本音を漏らすと、人妻は喜んだ。

「ウチ、健児くんのことが好きよ」

「玲奈さん……」

「ああん、可愛い子――」

玲奈は愛おしげに言うと、尻を縦に揺さぶった。

太茎を媚肉が舐める。

「うはあっ、れ、玲奈さんっ……」

「あんっ、ああっ、止まんない」

「いきなり激し……おおうっ」

「んああっ、あふうっ、健児くんのオチ×チン、カリのところが擦れる」

息を切らし、玲奈は感じるままに喘いだ。

健児は下で耐えるのが精一杯だった。

「ハアッ、ハアッ。おお……気持ちいいよ、玲奈さん」

人妻は、腰を引き上げるときにアクセントをつけた。そのせいで、肉棒は媚肉に引っ張られるような快感に責め苛まれる。

「ううっ、オマ×コが締めつける」

「イイッ、ウチも――あはあっ、反ってる」

互いの性器を褒め称《たた》え合いながら、悦楽に耽《ふけ》るのだった。

やがて玲奈に変化が訪れる。

「ああっ、ウチもうダメ……こらえきらん」

切迫するように言うと、ガバと身を伏してきた。

蕩けたギャル顔が間近に迫り、健児はたまらず唇に吸いついた。

「玲奈さん……レロ」

「うふうっ、健児……レロちゅばっ」

玲奈もまた熱いベーゼに応じる。上下の口を塞がれ、女は呼吸を荒らげつつ、なおも身体の一部は動き続けた。

「あんっ、はううっ、ああっ、イイッ」

「ハアッ、ハアッ。おおっ、締まる……」

健児は彼女の身体を抱き留め、仰向けになっているだけでよかった。

一方、上になった玲奈は、尻だけを器用にクイックイッと持ち上げている。

「あんっ、はううっ、ああっ、もっと」

彼女は結婚しても女の悦びを抑えるようなタイプではなかった。元々が男の目を引く美貌の持ち主であり、そのおかげで玉の輿にも乗れたのだ。一緒になった亭主が夫婦の営みを遠ざけるなら、ほかで解消しなければいられない体質なのだろう。

だが、愉悦の最中にも健児は相手が人妻だと忘れたわけではない。

「ハアッ、ハアッ。ううっ、ヤバイ。俺もう——」

陰嚢の裏から突き上げるものを感じた瞬間、わずかながら抑制《よくせい》する気持ちが湧いたのだ。

このまま黙って射精するのはためらわれた。

「玲奈さん、俺ヤバイです。もうイキそうで——」

「あはあっ、確かに。健児くん、てげエッチな顔しとる」

だが、玲奈は腰の振りを一向に緩めようとはしない。それどころか、より一層激しく揺さぶりだしたのだ。

「ああん、ウチも……もうすぐやかい、一緒にイこう」

「玲奈さぁん……！」

責め立てられた健児はたまらない。激しい摩擦が竿肌を襲い、ヌルついた肉襞が裏筋を煽るように舐めた。

しかし、玲奈もまた昇り詰めつつあるようだった。

「ああっ、んはあっ、イイッ。中が、ヒクヒクしちょっと」

自身で言うとおり、媚肉が蠕動《ぜんどう》し始めた。自分の意思では抑えきれない反射運動に、なけなしの貞操観念は粉みじんに崩壊した。

「あひいっ、ダメ……ああっ、中に出してぇ」

腰も砕けよとばかりに尻を振りたててきたのだ。

健児はこれ以上耐えきれなかった。

「うはっ、ダメだ。もう……出るうっ」

栄光の時間は太く短かった。彼は呻くと同時に射精していた。大量の白濁が消防ホースから一気に迸るように吐き出される。

もちろん玲奈にもそれは伝わっていた。

「はひいっ、あ……あああっ、健児くぅん」

男の精をしっかり受け止めながら、約束された愉悦の頂点を目指し、なおも尻を振りたてていた。

「んああっ、はうっ。イクッ、もういけん——」

そしてついに頂《いただき》を極めたのだ。玲奈は一瞬ビクンとすると、息継ぎするかのように顎を持ち上げた。

「イクッ……イイッ、ああああーっ」

絶頂の瞬間は壮麗だった。かつての憧れの女先輩が、男の上でスレンダーな肢体を踊らせ、上気した顔が満足に火照《ほて》るさまは神々しいほどだった。

「んああっ、イイ……」

そうしてひと呼吸置くと、ホッと息を抜いて緊張が解けていく。

すると、女体の重みが健児にのしかかる。

「玲奈さん……」

「よかったわ」

「はい。僕も最高でした」

心地よい重みを、いつまでも愛《め》でていたい。

しかし、玲奈は絶頂して満足したのか、すぐに現実を取り戻した。

「ウチ、そろそろ帰るわ」

そう言って、そそくさと服を着直し始めたのだ。

玲奈の肌が離れてしまい、健児は少し寂しかった。だが、相手は夫のある身だ。無理を言うわけにはいかなかった。

「ですよね。はい」

気持ちとは裏腹のことを言い、彼も服を着るのだった。

帰りがけも、玲奈は来たときと変わらないようだった。まるで何事もなかったかのようにメイクも直し、完璧なギャル妻に戻っていた。

「今日は楽しかったわ。よか思い出になるっちゃね」

「ええ、僕も。その、楽しかったです」

「一応言っとくけど——」

「大丈夫です。誰にも言いませんから」

一時の火遊びであることは分かっていた。健児は、「また会いたい」と言うのをグッと我慢して、大人らしい対応をしてのけたのだ。

すると、玲奈は一瞬黙ってから言った。

「ごきげんよう」

わざとよそ行きの言い方をしたのだろうか。健児は人妻の真意を測りかねたまま、去って行く後ろ姿を見送るのだった。

玲奈とはそれきりになると思っていた。ところが、翌日すぐにまた連絡が送られてきたのだ。デートの誘いだった。

（いくらなんでもマズイだろう）

好色な健児でも、人妻と連日会うのはさすがに気が引ける。

しかも、昨日は無人の自宅だったからまだいいが、彼女が今度は外に出かけようと言い出したのだ。

「誰かに見られたらどうするんですか？」

実際はＳＮＳのやりとりだが、健児はそれすらビビっていた。ＳＮＳのメッセージから不倫が発覚することなど、いくらでも耳にするからだ。

そのため彼の牽制《けんせい》はどうしても引け腰になる。結局、強引に押し切られ、玲奈が車で迎えに来ることになった。

約束の夕方になると、はたして玲奈はやってきた。

「お手伝いさんがなかなか来んで、遅くなってしまったわ」

こともなげに言う人妻は、この日も華やかだった。胸のところでクロスしたデザインのワンピースは、身体にピッタリな上に、臍が見える穴が開いている。

玄関先で健児は早速面食らってしまう。

「はあ、やっぱ玲奈さん家《ち》くらいになると、お手伝いを雇うんですね」

ソワソワが抑えきれず、どうでもいいことを口にしていた。

だが、玲奈はまるで気にすることなく続ける。

「早く行こう。ちょうどよか時間やかい」

「あ、はい」

促されて健児は靴を履く。

ところが顔を上げた次の瞬間、彼は固まっていた。車へ向かう玲奈の後ろ姿は、服の背中がパックリ開いてほぼ素肌だったのだ。大胆な切れ込みは腰のくびれを通り越し、ほとんど尻の割れ目が見えそうなほどだった。

（すげえ……）

これぞ眼福《がんぷく》というものだ。危険な火遊びをしていることを一瞬忘れてしまいそうになる。

だが、家の前に停められた高級ＳＵＶを見て、また警戒心が蘇る。とにかく田舎の風景では目立つのだ。隣家とは距離があるものの、密集していないからかえって遠くからでも見えてしまう。

健児は誰も見ていないことを祈って車に乗った。

運転席の玲奈は何を考えているか分からなかった。

「しゅっぱーつ！」

朗らかに発車し、長い爪ですぐにオーディオのスイッチを入れた。

車内に若い女性歌手の洋楽が流れる。

「どこへ行くんですか」

助手席の健児はどうにも落ち着かない。車内にはところどころラメの装飾《そうしょく》が施《ほどこ》されていた。おそらく妻専用の車なのだろう。充満する匂いも、女性用化粧品の甘く華やいだものだった。

玲奈はご機嫌そうだった。

「どこ、っていいとこ。きっと懐かしかよ」

「へえ、僕もよく知っているところだ」

「そ。楽しみにしとって」

道中はしばらく静かだった。健児は運転席の太腿に気を取られつつも、玲奈の行為を訝《いぶか》しんでいた。いくら亭主に浮気疑惑があるからといって、まだ日のあるうちから若い男を連れ回すというのは大胆すぎやしないだろうか。

するうち、車は町を素通りして山へと向かった。

ようやく健児にも目的地が分かる。

「あー、三笠峠かあ」

「当ったりー」

玲奈も正解が出てうれしそうだ。

三笠峠は昔から恋人達の聖地だった。山を登り切ったところに展望台があり、そこからの夜景がロマンチックと評判のスポットなのだ。

だが、三笠峠にはもうひとつの呼び名がある。通称、「ロストバージン山」というのがそれだ。峠沿いの道には車が隠せる藪《やぶ》がいくつもあり、その名の通り、この場所で処女を捨てた地元民も少なくない、恰好のラブスポットでもあった。

玲奈のSUVもどんどん山を登っていく。

「ここも、昔はよう来たっちゃが」

「そうなんですか。僕は全然――」

「そうなん？　……あ、そうか。健児くんは中学生やったかいね」

「ええ。だから――女性と来るのは初めてです」

「そっか。うれしいな」

「はい、僕も」

中学生の健児にとって、「ロストバージン山」は遠い憧れの地だった。小さい頃に両親と登ったが、それとはまったく別ものである。

しかも、その相手が憧れの先輩というから感激もひとしおだ。

やがて車は道を逸《そ》れ、木立の中へと入っていった。ＳＵＶのおかげで悪路も気にならない。

玲奈は鬱蒼《うっそう》と茂った木の陰に車を停めた。

「よかっちゃろ、ここ？　夕日も見えるんよ」

「本当だ。綺麗ですね」

フロントガラスを透かして、木立の向こうに落日が見えた。赤い夕日が枝葉に注ぎ、木漏れ日となって幾筋もの光が射していた。

「やけん、安心して。向こうからは見えんかい」

玲奈はふと言うと、シートベルトを外して身を乗り出してきた。

おのずと健児もシートベルトを外す。

「玲奈さん、俺――」

「なんも言わんでよか。シートを倒して」

「はい……」

狭い空間で、美麗な人妻に迫られ、断れる男がいるだろうか。健児は催眠術にかけられたように、言われるがままリクライニングを倒した。

玲奈は本格的に助手席へと乗り込む。

「ここでしたかったんよ、健児くんと」

席をまたぐため彼女が脚を上げた瞬間、ワンピースの裾がめくれ、真っ赤なパンティーが顔を覗かせた。

思わず健児は生唾を飲む。

「玲奈さん……」

夕日よりも深い赤のパンティーは、生っ白い太腿と好対照だった。無駄肉がないため、脚を開いたときに鼠径部《そけいぶ》に筋が浮くのが妙になまめかしい。

玲奈は上目遣いのまま、健児の股間を両手で撫で回した。

「本当は昨日だけで終わるつもりやった。やけん、健児くんのこれ、どうしても忘れられんかったんよ」

彼女は言いながら、ズボンのジッパーを下ろしていく。

「エッチな先輩でごめんな」

鼻にかかった声で呟くと、一気に下着ごと脱がせてしまった。

まろび出た肉棒はすでにいきり立っていた。

玲奈がうれしそうな声を出す。

「わあ、今日もてげ立派っちゃが。健児くん、可愛いな」

「う……恥ずかしいです」

彼にもちろんカーセックスの経験はない。移動するための日常空間で自分だけ局部を晒しているというのは、やはり多少の羞恥をもたらした。

しかし、玲奈の上気した顔は別のことを物語っていた。

「先っぽからおつゆが溢れとる。舐めてええ？」

「え、ええ。お願いします」

「ここんとこ――こう。どう、くすぐったい？」

尖らせた舌で鈴割れをくすぐられ、健児はビクンと身悶える。

「はうっ……くすぐったいけど、気持ちいいです」

「んふうっ、正直やね」

素直な反応に気をよくしたのか、玲奈はおもむろに肉棒を口に含んだ。

唾液たっぷりの粘膜が太茎を温もりで包む。

「うはっ、れ、玲奈さん……ヤバい、いきなり」

「普段はおとなしいっちゃが、オチ×チンは暴れん坊やね」

「誰だって……誰だって玲奈さんみたいな人に、こんなことされたら——」

「ウチみたいな、ってどげんなん？」

玲奈が上目遣いに訊ねる。舌に亀頭を乗せていた。

健児は息を喘がせ答えた。

「美人で、エロい奥さん」

「ウチ、美人でエロいん？」

「……はい」

いつしか亀頭から舌が離れていた。言い過ぎたかな？　健児が不安を覚え始めた頃、玲奈はおかしそうに笑い声をたてた。

「玲奈さん——どうかしました？」

彼が問いかけると、人妻は首を左右に振った。

「ちがうんよ。昔な、別の人に同じことを言われたっちゃが。『綺麗でエッチなお嫁さんになってくれ』って」

「すいません。なんか俺……」

「ううん、謝らんでよか。ずいぶん昔の話やし、いま健児くんに言われて、本当にそうなっとると思ったら、なんかおかしくなりよって」

玲奈は楽しそうに語り、自分の境遇を苦にしている様子は見えない。

だが、健児は慮《おもんぱか》らずにはいられなかった。若くして玉の輿に乗り、地元の顔役の妻に収まっているのも、傍目《はため》で見るより大変なのかもしれない。きっと自分などには想像もつかない苦悩を抱えているのだろう。

「玲奈さん――」

労《いたわ》るつもりが、途中で玲奈に遮られる。

「ウチ、もうオマ×コビチョビチョやが。しよ」

彼女は起き上がり、なまめかしく健児を見下ろしながら、ワンピースの裾に手を突っ込んだ。

「見て。こんなになっちょるんよ」

「ああ……玲奈さん」

小さく丸められたパンティーが、器用に脚から抜かれていく。現れた恥毛は濡れて貼り付き、股間に毛束を作っていた。

服がまくれ上がり、秘部だけ見えているのがいやらしい。

「玲奈さんのオマ×コ」

「ウチのここが、健児くんのオチ×チンをどうしても忘れられんって言うんよ」

「僕も……もう一度玲奈さんが欲しい」

「可愛い子……」

玲奈は言うと、硬直をつかみ、蜜壺へと導いた。

亀頭を濡れた花弁が包んでいく。

「おうっ……」

「ああっ……」

玲奈は小さく喘ぎ、尻を据えて肉棒を呑み込んでしまった。

いつしか日は落ち、車窓の景色は夜へと変わりつつあった。影を宿すギャル妻の悶え顔が、凄艶《せいえん》さを増したようだった。

「健児くんっ――」

尻の上下運動が始まる。

牝汁に満ちた蜜壺が肉棒を舐める。

「うはっ……おうっ、玲奈さん……」

「あっ、ああっ、ステキ」

「最初からそんなに激しく――はううっ、締まる」

助手席に収まった健児は身悶える。

玲奈は狭い空間にもかかわらず、器用に立ち回った。

「ああんっ、イイッ。先っぽが、奥に当たってる」

腰の動きは単純に上下ではなく、前後や左右にも揺さぶってきた。

「うはっ……ハアッ、ハアッ」

受ける健児はおのずと腰が浮き上がる。

お互いが下半身だけを晒し、欲望のままハメる姿が淫らだった。その相手が人妻とくれば、背徳感もくすぐられてなおのこと興奮する。

玲奈も思いは同じらしい。

「はひっ……イイッ。中で、もっと硬くなってる」

恥丘を男に擦りつけ、さらなる快感を得ようとしているようだ。満たされない人妻の思いが、その蕩《とろ》け顔に表われている。

「玲奈さぁん……」

下から見上げる健児は感無量だった。憧れの先輩と憧れのロストバージン山でカーセックスをしているのだ。中学生の自分に教えてやりたかった。

「あんっ、ああん、あっ」

「ハアッ、ハアッ、ハアッ」

ただ、今も昔も変わらないのは、玲奈が魔性《ましょう》であるということだ。男の目を引きつけて止まない魅力は、彼女が着ている服やメイクのせいだけではない。本質的に彼女が備えているエロスが、おのずと牡を呼び寄せてしまうのだ。

「玲奈さんっ」

健児はたまらず起き上がり、ワンピースの上から乳房を揉んだ。

「あふうっ、健児くんってば」

とたんに玲奈は喘ぎ、愛しい男の頭をかき抱く。

だが、すぐに手を離し、自ら肩紐を脇にずらし落とした。

「ほら、こうすると脱げるの。便利やが」

胸のところでクロスしたデザインは、まるでこうするためにあったかのごとく、するりと肩から抜けて乳房がまろび出た。

ブラはなかった。ワンピースにカップが付いたタイプの服だったのだ。

「玲奈さん、はむっ――」

すぐさま健児は乳首にむしゃぶりついた。

「あんっ」

玲奈が悦びの声をあげる。

女の体臭に包まれ、健児は無我夢中で尖りを吸った。

「ちゅばっ、レロレロ、ちゅう」

「あんっ、強く吸って……イイッ」

玲奈は身を震わせて男の愛撫を歓迎する。おろそかになりかけていた尻も、また小刻みに揺れ始めた。

「ハァン、あんっ、ああっ、もっと」

「ハアッ、ハアッ。ちゅばっ、みちゅうぅ」

健児は女の温もりに溺れながら、彼女の香水が昨日より薄いことに気がついた。どういう心境の変化だろうか。ボディソープの清潔な香りはするが、より彼女自身の肉体が発する匂いを感じられるようでたまらない。

狭い車内に牡と牝が放つ熱と匂いが充満する。

「ああん、いいわ。ウチ、すぐにもイッてしまいそう」

「実は……僕も、さっきから出そうでした」

「じゃあ、イこう。一緒にイッちゃおう」

「いいんですか――はううっ」

健児が答える前に、玲奈は尻を揺さぶってきた。

「ああっ、んはあっ、イクッ、イッちゃううう」

「おうっ、うはっ……ハアッ、ハアッ」

「イクッ……ねえ、健児くんもイキそう？」

「はい……もう、ううっ。出る、出ちゃいます」

「ウチも——あああっ、ダメえええっ」

玲奈は喘ぐと、彼の身体をシートに押しつけ、無我夢中で腰を振った。

「あっ、ああっ、イクッ、イクううう……」

「ああダメです。マジでもう……出っ」

「イイイイーッ！」

肉棒が熱く迸った瞬間、玲奈は絞り上げるように括約筋を締めた。

「ダメ……イクうううっ」

「うはっ」

衝撃で肉棒は一滴残らず噴き出していた。

目を閉じた玲奈は絶頂の余韻を味わっているようだ。

「ああ……スゴか」

呟くように言うと、ガクリと前のめりに倒れ込む。

「ハアッ、ハアッ、ハアッ」

「ひいっ、ふうっ、ひいっ、ふうっ」

ふたりはしばらくの間、身体を重ねたまま呼吸を整えるのがやっとだった。

だが、まもなくして玲奈が顔を上げる。

「ふたり同時にイッちゃったね」

「はい。最高でした」

晴れやかな顔で健児が答える。まだ膣内にある肉棒は萎《しお》れきらず、鈍重に息づいていた。だが、もう十分だ。満足し、彼は玲奈が離れるのを待った。

ところが、彼女は言うのだ。

「まだ抜いたらあかん」

「え……？」

「まだイケるっちゃろ？　このままもう一回しよ」

なんと抜かずに連戦しようというのだ。

とまどう健児に玲奈は言った。

「ほらあ、健児くんだってまだ元気やん。な？」

上に乗ったまま、尻を蠢かして肉棒を刺激した。射精したばかりで敏感な状態のペニスが反応する。

「はううっ……うう」

「んっ……ああん、復活してきたみたい」

「ハアッ、ハアッ」

「どう？　感じる？」

「ええ……ううっ。最初はくすぐったかったけど、だんだん」

健児は答えながら、尻をもぞもぞと動かす。充血した粘膜はちょっとした刺激にも反応しがちだったが、それも徐々に慣れてきた。

玲奈の快楽に対する貪欲さにつられ、腹の底から欲望が湧き起こってくる。

「玲奈さんっ」

健児は呼びかけると、下から腰を突き上げた。

「ああっ、健児くん、どげんしたん……すっごーい」

大波に揺られた玲奈がいななく。

健児は言った。

「こ、今度は俺が上になりたい――」

「よかよ。やけん、ここじゃ狭かやし、後ろに行こ」

「はい」

ふたりは合意すると、バックシートに移動した。しかし挿入したままのため、這いずるような動きしかできない。

そして苦労の末、玲奈が後部席で横になり、健児がその上に覆い被さった。

「玲奈さん……」

「きて」

胸をはだけ、裾を絡げたワンピースは、クシャクシャに丸められて衣服の用途を果たしていない。人妻の腹辺りを覆っているだけだった。

健児もまた、Tシャツだけ着た中途半端な格好だった。

「ハアッ、ハアッ、おうっ」

片脚をシートに乗せ、もう一方は床に踏ん張って抽送を繰り出す。

玲奈は長い髪を乱し、苦しげに喘いだ。

「あんっ、ああっ、イイッ」

だが、その顔は悦びに満ちていた。眉根を寄せ、ウットリと目を閉じ、半開きの唇はもの言いたげにわなないている。

肉棒はいまや完全に復活していた。

「ハアッ、ハアッ。ぬあぁ……玲奈さん」

「イイッ。ああ、健児くん激しい――」

蜜壺も新たな牝汁を噴きこぼす。先ほど中出しした牡汁と混ざり合い、究極のぬめりを生じさせていた。

「ああん、はううっ、もっと」

「うおぉ……ヌルヌルだ」

太茎が青筋を立てて人妻の股間を出入りする。抉り込むたび、ぬちゃっくちゃっと粘った音を鳴らし、張り詰めたカリ首が膣壁を引っ掻いた。

次第に玲奈の腰が浮き上がっていく。

「あっひ……イイイイーッ」

ひと際高く喘ぐと、スラリとした脚で巻き付いてきた。

強い力で引き寄せられた健児は意表を突かれる。

「ぐふっ……うあぁ、玲奈さんエロい」

「ああん、だって――健児くんのオチ×チンが悪かやもん」

「そんな……うっ。玲奈さんが押しつけるから」

「んあっ、奥が……子宮が感じるううっ」

いったん反り上がった腰が丸まろうとする。太腿に縛められた健児は従うしかない。おかげで蜜壺が上を向く格好になった。

「ぬあああぁっ――」

位置の高くなった健児は肉棒を上から叩き込む。下で受ける玲奈はガクガクと身体を震わせた。

「んあああっ、イイッ。いいの」

「あああ、オマ×コがヒクヒクしてる」

「またよくなってき……はひぃっ、イッちゃううっ」

早くも二度目の絶頂を予告する玲奈。媚肉が予兆の収縮を始めた。

「ハアッ、ハアッ、うう……」

健児は息を切らせつつ、彼女の足首を取り、頭のほうに高く持ち上げさせた。

驚いた玲奈が声をあげる。

「ああっ」

「玲奈さんっ、玲奈さんっ」

マングリ返しに近い体位で健児は抽送を続けた。

身体を丸められた玲奈は、苦しそうに喘ぎながら昇り詰めていった。

「あんっ、ああっ、ダメッ」

「ハアッ、ハアッ、ハアッ」

「どげんしよ……あんっ、奥に当たる」

「玲奈さん、俺──」

たまらず健児は背中を丸め、玲奈の唇を吸った。

「んふうっ、好きよ。健児くん」

「俺も──玲奈さんは、僕の永遠の憧れです」

「うれしかこと言ってくれるっちゃね……んあああーっ」

玲奈が激しく喘いだため、キスは終わった。

しかし、それをきっかけに健児はラストスパートに挑む。

「ハアッ、ハアッ、ハアッ、ハアッ」

上からねじ込み、叩きつけた。

肉と肉がぶつかり合い、ぴたんぴたんと高い音をたてる。

玲奈の顔は蕩け、愉悦に輝いていた。

「あっはぁ、イイッ。イイイイッ」

「ぬあぁぁぁ……」

健児がむしゃらに突き入れたため、玲奈の身体が頭のほうへずれていく。

「あっ、あんっ、ああっ、イイッ」

高級ＳＵＶといっても広さには限度がある。気付いたときには、玲奈の頭はドアの内張に突き当たり、それ以上は進めなくなっていた。

「ハッ、ハアッ、ハアッ、ぬおお……」

「あっふ……あんっ、ああん」

いまや健児が腰を突くたび、玲奈は頭を内張に打ち付けていた。しかし、愉悦の丘にあってはそれも気にならない。

牡は貫き、牝は受け入れた。

「もう……ダメだ。限界です」

「ウチも——んああっ、イクッ。イッてまう」

「本当に……ああっ、ヤバイかも」

マグマが陰嚢の裏から突き上げてくる。健児は我を忘れ、腰を振った。

「うおおっ」

「あひっ……ダメ。ウチも……あああーっ、イクぅううっ」

先に達したのは玲奈だった。引きつけるように腹をグッと縮めたかと思うと、次の瞬間には絶頂していた。

同時に蜜壺が締まり、肉棒も火を噴いた。

「ぐふうっ、出るっ」

まるで全身の毛穴という毛穴が開いたようだった。悦楽は炎となって噴き出し、媚肉の温もりへと解き放たれる。

玲奈の高潮もまだ続いていた。

「はひいっ、イイッ」

太腿から足指の先までがピンと張り詰める。スレンダーな肢体は熱を帯び、白い肌に桜を散らして入悦のひとときを味わうのだった。

「ハアッ、ハアッ、ハアッ、ハアッ」

全てを終え、健児は息を整えながらゆっくりと身体を離す。

「んああっ」

結合が解かれる瞬間、玲奈はビクンと震え、そして脱力した。

虚ろとなった穴からは、二回分の欲汁がごふりとあふれ出る。白く濁った液体は内腿を伝い、車のシートにたっぷりと垂れ流された。

「すいません、汚しちゃって」

「気にせんでよか。どうせウチ専用車やし」

人妻の車を体液で汚してしまい、健児は謝るが、玲奈はどこ吹く風といった感じで気にしなかった。

山から下りる頃には、もうすっかり夜だった。

「だけど、どうして俺だったんですか」

帰りの車中、健児はなぜ自分を誘ったのか訊ねる。玲奈は答えた。

「どうして、って。言ったやない、たまたまショッピングセンターで見かけて——」

「ええ。でも、やっぱり不思議で」

中学時代は目立たない普通の生徒だった彼からすれば、学校のスターであった玲奈が声をかけてきたのは、ほかの理由があるとしか思えなかったのだ。

すると、玲奈は覚悟したように頷《うなず》いてから言った。

「本音を言えば、たしかに健児くんが地元の人やない、っていうのはあったわ。後腐れなさそうやしな」

「ああ……ですよね」

「東京の空気みたいなモンを感じてみたかったのかも」

夫婦生活がうまくいっていないというのは本当なのだろう。健児は自分がよそ者であるからというのを聞いて、思わず納得してしまう。

だが、玲奈はさらに続けて言った。

「だけん、健児くんを可愛いと思っとったんは本当やが。ついでやかい言うと――ウチだけやなく、健児くんのこと好いとる女の子がおるんは事実やかいね」

意外なことを聞かされて、健児は胸をざわつかせる。宮崎にいた頃も、そんな噂は聞いたことがなかった。

「で……誰なんですか、それ」

そこで玲奈が口にしたのは、意外な人物だった。

第四章　銭湯の痴女

その日、健児は昼飯を済ませてから病院を訪ねた。

祖父の体調もだいぶよくなり、個室から大部屋に移っているらしい。

健児はナースステーションで来訪を告げる。

「津川ですが、祖父の部屋は何号室でしょうか」

窓口にいる四十年配のナースは名前を聞くと、とたんに朗らかな顔を見せた。

「あー、津川さんとこのお孫さん」

「はい、そうです」

「もうすっかり元気になりよったけん、ひと安心やね」

「おかげさまで」

「元気すぎて少し困っとるくらいやが――お部屋はえーと、二二五号室ね」

ナースの最後の言葉が気になるが、健児は礼だけ言うと部屋へ向かった。

二二五号室。ここだ。入口の名札に祖父の名前を見つけたとたん、室内から元気な声が聞こえてきた。

「なんで男ば作らんとか。もったいなか」

「いい男がおらんからですよ」

「こげんよか尻しちょっとに」

「——ちょっ。津川さん、ええ加減にせんと怒りますよ」

「ありゃりゃ。尻がプリプリ怒っちょるわ」

声は祖父が若いナースをからかっているのだった。

健児はため息をつくと、祖父のもとへ近づく。

「爺ちゃん、やめてくれよ。みっともない」

「おう、健児か。きさん、どうや。谷本《たにもと》さん、よかおなごじゃろ」

谷本というのはナースの名前らしい。巻き込まれた健児は焦って口ごもる。

「あの……すみません、祖父があることないことを——」

「ええんですよ。慣れてますけん」

今どきセクハラと言われかねない出来事にも、若いナースは日常のこととして受け流してくれる。

だが、内心ではそんな祖父に、ホッとしているのも事実だった。ナースにちょっかいをかけるほど回復したのだ。一応健児も親類代表として帰省した手前、祖父の容態にも責任があるような気がしていたのである。

それでも釘は刺しておくことにした。病院に迷惑はかけられない。

「爺ちゃん、あかんで。世話になっとる人を困らせたら」

しかし、祖父はどこ吹く風といった様子で言うのだ。

「生姜《しょうが》湯の季節やなあ」

「——え？」

「なんや、知らんのか。季節季節にはあるっちゃけん。これから秋を迎えようという頃にはな、生姜湯であったまるのが最高やかい」

どうやらはぐらかされたようだ。祖父を説得するのは諦めて、まもなく健児は病院を後にした。

それにしても、祖父はどうしてあんなに気安く女の子と話せるのだろう。女好きという点では健児も負けていないつもりだが、とてもじゃないが祖父の真似はできない。

（年を重ねれば、平気になるものなのかな）

大人になった自分を想像してみるが、そう簡単に性格が変わるとも思えない。

「そうだ。久々に銭湯でも行ってみるか」

道すがらふと思い立ったのは、もちろん祖父の話があったからだった。

駅前からバスに乗り、自宅最寄りの二つ手前で降車する。まばらに建つ住宅のなかに、立派な瓦葺きと煙突がそびえる建物が見えた。

「ここだ」

入口の暖簾《のれん》に大きく『甲斐湯《かいゆ》』とある。ここは、健児も幼い頃によく祖父と通った銭湯である。実家まで十五分ほどある道を祖父とのんびり歩くのが、今も鮮明に記憶に残っている。

しかし、昔と変わらぬ外観に対し、内装はだいぶ変わっているようだ。脱衣所に面していた番台も、現在は下駄箱側で対応する形になっている。

また、番台に座る人も違った。

「三百五十円」

「あ、タオルももらえますか」

どうやら代替わりしたらしい。健児が知る番台は甲斐湯の店主らしい親父さんだったが、無愛想に受け付けたのは三十歳前後の女性だった。うっすらある記憶から、おそらく娘の浩子《ひろこ》だろう。

だが、向こうは気付いていないのか何も言わないので、彼もあえて詮索《せんさく》することなく中に入る。

時間が早いせいか、浴場には人っ子ひとりいなかった。

「うわあ、貸し切りだ」

思わず出た声にエコーがかかって響いた。

一番湯だ。初めての体験に健児は浮き立つ。早速溜まりからイスと風呂桶を取り、シャワーでざっと全身を洗う。

「いいねえ。年寄りが早く来たがるのもわかるな」

のびのびした気分で独りごちると、二つある湯船のぬるい方に浸かった。

手足を思い切り伸ばし、浮き世の憂さを忘れる。

「ああ〜、最高」

思い起こせば、純粋に楽しかったのは大学二年生までだった。三年になると、すぐに就職を考えなければならず、現実社会と向き合わざるを得なかったのだ。

それから就職内定が決まった今でも、なお健児には迷いがあった。

（どうすればいいんだろう——）

そこへ今回の帰省があった。いったん現状を忘れ、骨休めするにはいい機会だと思われた。実際、宮崎では菜々実に筆おろししてもらったのを始め、思いも寄らない再会と交情に時を過ごした。

そうして物思いに耽りながら湯に浸かっていると、ふと物音がするのを耳にする。

「なんだ……？」

最初はボイラーの音かと思った。壁の裏から聞こえたからだ。

しかし耳を澄ませると、機械の発する低周波とは違うと分かる。

（人間の声……）

もっと甲高《かんだか》く、途切れ途切れの音だった。女の喘《あえ》ぎ声にも聞こえる。

まさか――健児は訝《いぶか》しむ。女と言えば、番台にいた浩子しかいない。ずっと女風呂からも人のいる気配はしていなかったのだ。

彼は思わず生唾を飲む。

「あぁん……んんっ」

壁越しのため、ハッキリと聞こえたわけではない。しかし、いったんそう思い込むと、ほかの可能性は考えられなくなる。

浩子の記憶はあまりない。健児が中学生当時、彼女はすでに二十代半ばだったはずだ。容姿は悪くないのだが、地味な性質《たち》で看板娘といった感じではなかった。

その彼女もときおり店を手伝うことはあった。ゴミの片付けなど、あまり客の目につかない仕事のためもあってか、いつもトレーナーにジーンズといったラフな格好で、浮いた話のひとつも聞いたことはなかったのである。

だが唯一、健児の記憶にあるのは、彼女の豊満な胸だった。

中学生になると、健児は祖父とではなく、同級生の友人と銭湯に行くことが多くなった。娯楽の少ない田舎では、遊びの一環であった。

その折にも、話題になるのは浩子の巨乳だった。盛りのつき始めた思春期の少年達にとって、身近な女性の肉体は尽きせぬ興味の的になる。

かつて友人達と口々に言ったものだ。

「いつ見てもすごか。浩子のオッパイ」

「どげんしたら、あんな巨乳になるっちゃろか」

「そら、男に揉まれちょっとよ。男に揉まれてチチば大きくなる、って言うやろが」

「せからしか。浩子に男がいるとか聞いたことなか」

「なら、きさんが彼氏になったらええが」

「アホ。誰があんな年増と付き合うか」

彼らは精一杯背伸びしながらも、女体の神秘をあれこれ噂するのだった。

しかし、それだけでしかなかった。浩子はあくまで「銭湯の娘」だった。

湯船の健児は胸を高鳴らせていた。当時、誰にも言わなかったが、浩子をオカズに自慰したこともある。

（いまだに独身なんだろうか）

だとしても、ボイラー室でオナニーするとは考えにくい。しかも、営業中なのだ。番台を空っぽにしてまで、自瀆《じとく》に耽るなどあり得ないはずだ。

彼がそんなことを考えているうちに、いつしか声は鳴り止んでいた。

（やっぱり気のせいだ——）

妙に残念なような、ホッとしたような気持ちでいると、不意に湯船の脇にあるドアが開いたのである。

「えっ……!?」

ボイラー室との通用口に現れたのは、浩子だった。

「お背中流しましょうか」

彼女は悪びれもせず、浴場に入ってくる。

髪を後ろに束ね、上はタンクトップ、下は短いパンツ姿だった。いやでも巨乳と生足に目がいく姿だ。

「どうぞ、こちらへ。お背中流します」

「いや、しかし……」

無防備な姿の健児は湯船から出られない。そもそも、甲斐湯に三助《さんすけ》のサービスなどなかったはずだ。

改めて見ても、浩子は相変わらず化粧っ気がなく、地味な印象を受けた。その日本的な顔立ちの一方、グラマーなボディは目に眩しいほどだ。

「遠慮せんで、どうぞ」

再三促され、ようやく健児は湯船から出る決意をした。逃げ場はないように思われたのだ。

「じゃ、じゃあ……」

彼は慌ててタオルを取り、前を隠しながらカランの前に座る。

背後から浩子の声がした。

「ボディソープは中性のでよかですか」

「あ、はい。大丈夫です」

すでに一度洗ったことなど、この際どうでもいい。健児は一瞬垣間見た、タンクトップから溢れそうな乳房のことだけを思っていた。

「失礼します」

浩子は言うと、彼の背中に泡を塗り始めた。

しかし、こんなことがあっていいのだろうか。かつての銭湯に三助というサービスがあったことは知っているものの、健児にはまだこれが現実とは思えなかった。

何より相手が服を着ているのに、こちらが裸というのが気恥ずかしい。

「津川——健児くんやろ」

不意に浩子に名指され、健児は驚く。

「え、ええ。でも、なんで……」

「しばらくぶりでも、お客さんの顔は分かるわ。これでも銭湯の娘やかい」

「ご無沙汰してます」

では、最初から彼女は自分に気がついていたのだ。すると、番台で知らぬフリをしたことが気まずく感じられ、今さら妙な挨拶になってしまう。

しかし、浩子は気にしていないようだった。

「お爺さんは大丈夫？」

「え……あ、はい。病院で持て余しているくらいで」

もはや健児も、彼女が祖父の入院を知っていることなど不思議に思わない。狭い町のことだ、噂は耳にしているのだろう。

祖父の話が出たことで、彼も少し落ち着いて話せるようになった。

「ところで――番台はいいんですか？」

気にしていたことを訊ねると、浩子はこともなげに言った。

「あー、気にせんでよか。少し営業時間を遅らせたかい」

「え……？」

「ほかに誰も来よらんかい、安心してよかよ」

なんと、いったん店を閉めたというのだ。

「今は健児くんの貸し切りやが。あたしは専属のサービス係」

「そんなの……マズイんじゃないですか」

「もう、お客さんはそげんこつ気にせんでええの」

昔の印象とは違う彼女の饒舌《じょうぜつ》ぶりに、なおのこと健児はとまどう。異常な状況とい い、まるで別の世界線に飛び込んでしまったかのようだ。

「綺麗な肌しちょっとね」

浩子は言いながら、念入りに泡を塗る。気のせいか、呼吸が忙しなくなったように思われる。

さらに当初から気になっていたのだが、彼女はタオルを使っていなかった。彼の背中を擦るのは、明らかに女の手の感触なのだ。

「ふうっ、ふうっ」

健児は覚られないように昂ぶる呼吸を抑える。浩子の手は背中の範囲を出なかったが、問題はその手つきだ。擦ると言うより、撫で回すといった感じだった。

「大人になったっちゃね、健児くんも」

やがて声色までもが艶《つや》を帯び始める。

「こ、今年卒業ですから——」

「そう。きっと立派な会社に勤めるんやろね」

「い、いえ。そんな」

先ほどボイラー室から聞こえたのは、やはり浩子の喘ぎ声だったのか。店を閉じたとすれば、それもあり得る。

俯く健児は、自分の逸物が膨らみだしたことに気付く。

「昔から健児くんは、ほかのお友達とは違うと思っとったんよ」

浩子はため息交じりに言うと、脇腹を擦ってきた。

「はうっ……」

「くすぐったかった？」

「あ、いえ……平気です」

どうするつもりだろう。健児は頭に血が昇り、何も考えられなくなる。

浩子の手はさらに大胆さを増していく。

「東京の暮らしはどげんなん？」

彼女は訊ねながら、膨らみかけの肉棒を弄ってきた。

健児に衝撃が走る。

「うっ……ちょっ、ひ、浩子さん……」

「こげん田舎におっても、なーんも面白いこつなかもんね」

腰の引ける健児に対し、浩子は構わず話を続けた。

「ろくな男もおらんし、この店に縛られてつまらん人生やが」

「うう……ふうっ、ふうっ」

扱かれた陰茎は硬くなり、ムクムクと鎌首《かまくび》をもたげていった。

「てげ大きかね、健児くんの」

「い、いや……そんなことは」

「気持ちいい？」

「はい……」

俯く健児の目に、泡に塗れた手が扱くのが見える。たまたま寄ってみた銭湯で、まさかこんな状況になるとは誰が予想しただろうか。

浩子も同じはずだ。だが、彼女はまるで待ち構えてでもいたかのごとく店を閉め、手際よくふたりきりの環境を作ったのだ。

「すごか。反り返っちょる」

「ふうっ、ふうっ。浩子さん――」

「いっぱい溜まっちょっとね」

浩子は言うと、背中に乳房を押しつけてきた。

「あっ……」

巨乳の温もりに健児は思わず声をあげる。肌が直接触れていたからだ。泡のコーティング越しにも明らかだった。いつの間にタンクトップを脱いだのだろう。

かたや浩子は、いまや欲望を包み隠そうともしなかった。

「こうしよったら、前も後ろもきれいにできるっちゃろ」

「浩子さん、マズいですよ。こんなことされたら俺――」

「何が。東京に大事な人でもおると？」

「い、いえ。そういうわけじゃ……」

「なら、ええが。健児くんもフリー、あたしも独りもんやかい」

おそらくそうだろうと思っていたが、やはり彼女は独身のようだ。

乳房は背中で上下した。肉棒が硬くなっていくのと同時に、健児の感覚は鋭敏になっていく。

「ハアッ、ハアッ」

しまいには、乳首がくすぐるのまで感じられた。

浩子は手コキ、乳洗いしながら口走る。

「女が三十過ぎて、独りでおるんは寂しかよ――でも仕方なかけん、いつも自分で慰めよると」

それは彼に訴えかけるというより、独り言のようだった。

だが、その言葉は健児の心にも刺さる。それまで女郎蜘蛛《じょろうぐも》に捕らわれた気分だったものが、少しずつ同情する気持ちが芽生えてきた。

「浩子さん――」

慰めの言葉ひとつくらいかけてやりたいが、彼にそんな器用さはない。

しかし、浩子もただ言ってみただけのようだった。その証拠に、次の瞬間にはこんなことを言い出したのだ。

「こっちにおったときから、健児くん達、あたしのオッパイ見とったやろ」

「え……」

「見たい？」

「――はい」

「よかよ。なら、そこに寝そべって」

もはや健児も欲望を隠そうとせず、言われるままに床に横たわる。お湯で適度に温められたタイルが気持ちよかった。

「ほら、これ。三十二歳にしては保っちょるほうやろ」

浩子はたわわな乳房を誇るように、両手で支えながら見せつけてくる。

実際、それは見事なものだった。G、あるいはFカップくらいあるだろうか。腋からはみ出るほどの丸みがふたつ、重々しげにぶら下がっている。

「すごく綺麗です」

健児の本音からの言葉は、浩子を喜ばせた。

「お世辞でも、男の人に褒められたらうれしいわ」

「いえ、お世辞じゃありません。本当に——大きいのにぷりんとして」

「優しい健児くんには、もっとサービスせんと」

浩子は言うと、おもむろに股間に覆い被さる。

健児がどうするのか見ていると、彼女は乳房の間に泡塗れの肉棒を挟み、両手で押さえつけてきた。

「こういうの、男の人は好きやが」

そう言って、乳房を上下に揺らし始めたのだ。

「はうっ、うっ……」

健児は思わず仰け反った。パイズリだ。AVで見たことはあるが、現実に体験するのはもちろん初めてだった。

ボディソープのおかげで滑りは良かった。

「ほら、どう？　あんっ、あたしも感じちゃう」

「ハアッ、ハアッ。ああ、ヤバいです」

「気持ちよか？　んっ……ほら、健児くんのオチ×チンば、オッパイから出たり入ったりしちゅう」

太竿は悦びに包まれていた。乳房に圧迫される感じが心地よく、また眺望も素晴らしいものだった。

奉仕する浩子も興奮に顔を上気させている。

「オチ×チンが、見て……おつゆが溢れてきよる」

「ふうっ、ハアッ」

「舐めてんよか？」

上目遣いに窺う女の顔がいやらしい。

「は、はい……お願いします」

「うふ。健児くんは素直やな。可愛い」

浩子は言うと、舌を伸ばして鈴割れをくすぐった。

「はうっ、浩子さん……」

「おつゆがいっぱい——美味し」

彼の反応に気をよくし、彼女は首を深く折って、さらに亀頭を口に含んだ。

「んぐちゅ、んふうっ」

「おおうっ、それ——」

あまりの気持ちよさに、健児は思わず仰け反ってしまう。普通にしゃぶられるより淫らに感じられる。パイズリフェラするには女は窮屈《きゅうくつ》な姿勢を取らざるを得ず、それがより視覚的に興奮させられるのかもしれない。

健児は浩子のオモチャになっていた。奉仕されてはいるが、その実彼女のいいように弄ばれているのだった。

「あたしね、昔から一度してみたかったことがあるんよ」

ふと浩子が言い出した。

「なんですか」

健児が訊ねると、彼女はパイズリをやめてしまう。

「お互いに見せっこするの」

「え？」

「自分でするのを——ひとりエッチを見せ合うっちゃが」

いったい何を言い出すのだろう。健児が呆然としている間にも、浩子はショートパンツを脱いでいた。

「見てん。あたしのここ、てげ濡れちょっとやろ」

全裸になった浩子は脚を開き、秘部を見せつけてくる。指で押し広げられた淫裂は濡れ光り、淫らによだれを垂らしていた。

露骨な挑発に健児は言葉にならない。

「ああ……」

「ここ、ぷくっとしとんの分かる？　ここをこうして指で弄ると……んああっ、すごく気持ちよくなるん」

彼女はクリトリスの位置を示しながら、自慰を始めたのだ。

「すごい……」

「ねえ、健児くんも見てばっかりいないで、自分のをシコシコしてみて」

「は、はい」

健児は返事するものの、人前でオナニーするのにためらいがあった。

かたや浩子は恥じらいもなく、片腕で身体を支え、大股開きで肉芽を弄っていた。

「あんっ、あふうっ。早くう、健児くんのシコってるのが見たい」

「うう……」

こうなればヤケクソだ。健児は仰向けのまま、右手で陰茎を握り、上下に擦り始めた。

「ふうっ、ふうっ」

「ああん、そう。男の人がオチ×チン弄ってるのエッチやが」

「あああ、浩子さんのオマ×コもいやらしい」

異様な光景だった。人気のない広い浴場で、男女の一方は横たわり、もう片方は尻を据えて自瀆に耽っているのだ。

「あんっ、イイッ。健児くんのオチ×ポ」

「ハアッ、ハアッ。エロい、オマ×コ——」

変態プレイに付き合いながら、健児は浩子の日常を思った。普段から彼女はこんなことばかりを考えているのだろうか。田舎で独り身をかこつ暮らしを寂しいと言うが、だからと言って、たまたま飛び込んできた若い男を捕まえて、あまつさえ相互オナニーに興じるとは、とてもまともとは思えない。

だが、それだけになおさら興奮するのかもしれない。

「ハアッ、ハアッ」

「あふうっ、玉も——キンタマ袋も弄って」

浩子は要求しながらますます欲情し、蜜壺にも指を入れるのだった。

「ああぁっ、感じるうっ」

やがてひと際高く喘ぐと、彼女はさらなる願望を口にした。

「あかん。あたし、もうイキそうやが」

「うう……イッて、イッてください」

「よかと？　ねえ、健児くんの顔でイキたいの」

とっさには彼女の言う意味が分からなかった。そこで健児は承諾した。

「ええ、いいですけど……」

「うれしい」

すると、浩子は彼の顔に跨がってきた。

「え……？」

とまどう健児。濡れそぼった割れ目が眼前に迫る。

膝を立てた浩子は息を切らせていた。

「健児くんの可愛いお顔でイカせてね——」

健児が答える間もなく、彼女は顔の上に尻を据えた。

「うぷっ……んむう」

「ああん、これ好き」

浩子は口走りつつ、媚肉を顔に擦りつけてくる。

「あんっ、あふうっ、イイッ」

「ふうっ……んぐぐ」

濡れ秘貝を押しつけられ、健児はまともに呼吸ができなくなる。鼻も口も塞がれ、ヌルヌルした肉塊が顔を滑るのだった。

上になった浩子は悦びの声をあげる。

「あっふ……イイッ。イクッ、イッちゃううっ」

「むぐぐ……ふうっ」

「舐めて。もっといっぱい舐めてぇ」

浩子は要求するが、健児は息を継ぐので精一杯だった。

「ふうっ、ふうっ」

「ああん、ダメ……イキそう」

「うぷ……レロッ」

健児はそれでも舌を出し、なんとか彼女に応えようとした。強要された顔面騎乗はほとんど拷問に近かったが、それは甘美な被虐の悦びをもたらすものだった。

「んあああっ、イイッ――」

やがて浩子も悦楽の果てに行き着く。

「イクッ、イクッ……ダメえええっ！」

鼻頭に肉芽を擦りつけながら、絶頂の悦びを高らかに叫ぶ。その声は浴場に鳴り響き、エコーがかかって共鳴する。

「あんっ、あっ、ああ……」

徐々に尻の振りが収まっていく。イッたのだ。


「――ふううっ」

満足した浩子がようやく顔から退いた。

健児は、暗闇から光の当たる場所に帰還し、ホッと息をつく。

「ハアッ、ハアッ。浩子さん？」

「んん……イッちゃった。てげよかったっちゃよ」

見ると、絶頂した浩子はぐったりと床に転がっていた。額に汗を浮かべ、夢見心地の表情だ。横寝の姿勢で呼吸を整えているため、巨乳が折り重なるように重々しげに垂れていた。

(なんてエロい女なんだ)

記憶にある銭湯の娘は、その印象をがらりと変えていた。元々陰にこもるイメージだったが、心の内では卑猥《ひわい》なことばかりを考えていたのだろう。ずっと内に秘めていた分、これまで出会ったどの女より欲望が深いように思われた。

しかし、絶頂したのはあくまで浩子だけだった。肉棒は硬直を保ったままであった。

まだ終わったわけではない。

ひと息ついた浩子は、大儀《たいぎ》そうに起き上がり、四つん這いで浴槽《よくそう》のほうへと這っていく。

「今度は、ふたりで気持ちよくなろう」

彼女は言うと立ち上がり、浴槽の縁《ふち》に手をつく恰好で尻を突き出した。

「後ろから、健児くんの硬いのちょうだい」

「うう……」

もちろん健児に否応《いやおう》はない。巨乳に見合った、大きく白い尻が差し出されているのだ。深く穿った谷間には、パックリ口を開けた淫裂があった。

健児は起き上がり、勃起物を捧げて尻に近づいていく。

「浩子さん――」

「大きいの、ブチ込んで。滅茶苦茶にして」

捻《ねじ》れた花弁が息づいている。これまで散々弄ばれた肉棒は、反攻の機会を得て嬉々として先走りを漏らしていた。

「行きますよ」

「うん、きて」

「綺麗なお尻ですね」

健児はたっぷりとした尻たぼを撫で回してから、逸物を突き立てる。

「ふうっ——」

「あっふ……きた」

肉棒はぬぷりと音を立て、蜜壺深くに押し込まれた。

「ああ……あったかい」

挿入の悦びに健児はしみじみ言う。

浩子も充溢感を味わっている。

「ずっと欲しかったんよ、これ」

「ふうっ、ふうっ。俺、もう我慢できません」

「あたしも——突いて」

浩子は催促するように尻を揺さぶった。

それだけで肉棒は刺激に震える。

「ううっ、浩子さん……うおおっ」

健児は呻きつつ、抽送を繰り出し始めた。

「ハアッ、ハアッ」

「はひぃっ……んああっ、イイッ」

「浩子さんの──中も、ヌルヌルだ」

「健児くんも、カチカチやが」

「ハアッ、ハアッ。おおっ……たまらない」

「ああっ、オチ×チンが──カリのところが擦れるうっ」

身悶える浩子の背中が沈んでいく。反り返った背中には、腰のところにえくぼができていた。

「ハアッ、ハアッ。ううっ」

健児は荒く息をつきながら、肉棒を抜き差しする。両手で尻肉を揉みしだき、さらに奥へと突き入ろうとした。

「あっ、あんっ、イイッ、イイッ」

かたや浩子は突かれるたびに喘ぎを漏らし、男湯に嬌声を響かせた。ほどよく乗った脂肪を震わせ、欲深い三十路《みそじ》女の本性を晒すのだった。

「ハアッ、ハアッ、ハアッ、ハアッ」

「あんっ、んああっ、んふうっ、ああっ」

時の流れは止まっていた。人気のない銭湯は現世と切り離され、めくるめく欲望の巣と化していた。広い浴槽に満々とたたえられた湯も、誰の身体を温めることなく、虚しく湯気を立ち上らせるばかりであった。

やがて健児は亀頭の先に当たるものを感じる。

「ううっ、なんかプリプリしたものが……」

「ああん、それ、あたしのポルチオ」

「ポ、ポル……？」

「子宮口のことやが。赤ちゃんの出てくるところ」

喘ぐ最中に彼女はこともなげに言う。

一方、健児は突然聞かされた専門用語に怯《ひる》んでしまう。

「ちょっ……え？　それってヤバいんじゃ――」

「ヤバかよ。だって……ああん、健児くんのオチ×チンが長かやもん」

しかし、愉悦に没頭する浩子はまともに取り合おうとしない。

健児はついに怖れをなし、腰を振るのを停めてしまった。

気付いた浩子が怪訝《けげん》な顔を振り向ける。

「なんしたん？」

「だって、ヤバイって。その、赤ちゃんとか……」

健児は耳慣れない言葉に本能的な恐怖を覚えたのだが、その怖れは潜在的に感じていた、浩子という女への怯懦《きょうだ》だったのかもしれない。

しかし、浩子は彼の言い草を聞いて一笑に伏した。

「なんば言うちょっとか。まさかポルチオにビビっとん？」

「ええ、まあ……」

「ただの女の身体の仕組みやが。妊娠するとかせんとかいう話やなかよ」

「ああ――そうなんですか」

子供を説き伏せるように言われ、健児は顔を赤らめる。

浩子は言った。

「思っちょったより、健児くんってウブなんやね。可愛いわ」

「いや、その……」

彼が口ごもっていると、浩子はおもむろに結合を解いて起き上がり、両手で顔を挟んで見つめる。

「可愛い、あたしの健ちゃん――」

そう言って、情熱的に唇を押しつけてきたのだ。

「はむっ……んむぅ」

「レロッ、ちゅぱっ。可愛か」

彼女の舌が口中に這い込み、躍動する。迎えた健児もおのずと舌を絡みつかせた。

「みちゅっ……ああ、浩子さん」

「んふうっ、好きよ。健児くん」

唾液が盛んに交換された。熱を帯びたキスは、腰の引けてしまった健児を再び劣情の世界に引き戻していく。

「――続きをしてよか？　あたし、もう我慢できんけん」

「はい、俺も」

「したら今度はあたしがしてあげる。健児くんば、寝そべって」

浩子は優しく労るように指示した。そうして年下男を教え導くのが、心から楽しいといった風情である。

一方、健児はすっかり熟女の魔手に絡め取られ、言われたとおりにする。

とはいえ、その間も肉棒はいきり立ったままだった。

「太かオチ×チン、いっぱい気持ちよくさせてね」

浩子は上に跨がり、逆手に太茎を握って花弁へと誘う。

肉棒は再び媚肉の温もりに包まれた。

「ううっ、おお……」

「はううっ、イイッ。これ——」

浩子は悩ましい声をあげ、尻をぺたんと据えた。

「今度は、最後までいくっちゃよ」

「ハアッ、ハアッ」

健児とて異存はない。バックで挿れているときも、怯むことさえなければ、とっくに果ててしまいそうだったのだ。

やがて浩子が上下に動き始める。

「あんっ……あふうっ、ああっ」

「ぬあぁ……ううっ」

「ああっ、これ……こっちもいいかも」

「ハアッ、ハアッ。俺も」

「前のほうに——カリが、Gスポットに当たる」

浩子は尻を搗《つ》きながら、うわごとのように口走る。

またしても専門用語だ。だが、Gスポットは健児も知っている。女の感じる急所のことだ。しかし、彼女はいつもセックスのことばかり考えているのだろうか。思わずそう勘ぐってしまうほど、浩子は性愛に精通していた。

「浩子さんは、その……はううっ。いつもこんなことをしているんですか」

健児は快楽に溺れながらも、訊ねずにはいられなかった。

浩子は答える。

「んふっ、健児くんは……あんっ、どうしてそう思うん？」

もちろん、貪るようなストロークは続けたままだ。

裏筋はぬめる媚肉に擦られていた。

「だって、どうして——ううっ、今日僕が来るなんて知らなかったはずですし」

「そうやが」

「そもそも僕自身、甲斐湯に来ようと思い立ったのも偶然だったので」

「不思議やって？」

「ええ……うっく」

彼が言いたかったのは、たまたま訪ねたはずなのに、まるで浩子が待ち構えていたように感じられたことだ。いったん暖簾《のれん》を畳んだ手際の良さといい、さらには背中を流すという理由で男湯に入ってきたことといい、とても瞬間的に思いついたようには見えない。

しかし、浩子は言った。

「どうやろねえ、ご想像に任せるわ」

彼女は言うと、上半身を倒してべったりくっついてきた。

潰れた巨乳が健児の胸板を擦る。

「あんっ、よかっ。健児くんのオチ×ポ、てげよかっちゃが」

「ぐふうっ、浩子さん……。し、締まる……」

女体の重みが裏筋にのしかかり、思わず健児は呻く。どうやら偶然などではないらしい。彼女はきっと、日々妄想を働かせ、時には一人の客とこうやって男湯で淫戯に耽ってきたに違いなかった。

「はっひ……あううっ、オチ×ポ好き」

「ハアッ、ハアッ。ああ、エロ過ぎるよ」

いまやふたりとも汗だくになっていた。触れる肌と肌が擦れて滑り、股間はさらにぬめり湿っていた。

浩子は息を荒らげながら、尻を小刻みに上下させる。

「あんっ、ああっ、イイッ、あふうっ」

そのつど蜜壷には空気が入り、ぬぽくぽと淫らな音を立てる。

肉棒はその動きに振り回され、うれしい悲鳴を上げた。

「ぐはっ……裏筋が」

「ああん、カリが引っ掛かっちゅう——」

浩子は天性の好き者だった。その彼女が、銭湯の主人を引き継いだのだ。この田舎町で、食虫花のように男たちの肉体を貪ってきたのではないか。

「くうぅ、浩子さん……」

彼女を理解するにつれ、健児も無駄に考えるのをやめようと思い始めていた。向こうがその気なら、こちらも一時の愉悦に身を任せればいいのだ。

「ハアッ、ハアッ」

「あんっ、あああっ」

「ううっ、おお……」

開き直った健児は、やおら女の尻たぼをつかむ。そして両手で揉みしだくようにして、上下に揺さぶりをかけるのだった。

「うおぉ……ふうっ、ふうっ」

「んあーっ、イイッ……健児くぅん」

とたんに浩子は喘ぎ、甘えた声をあげて身悶える。

「てげよかっちゃが……ああっ、掻き回してっ」

「ハアッ、ハアッ。ううっ、浩子さんっ」

「健児くん、激し――はひぃっ、イキそう」

「俺も……ぬはっ、し、締まる」

健児の責めに、浩子はさらなる締めつけで応えた。

「ハアッ、ハアッ、ハアッ、ハアッ」

「あんっ、あっ……はひぃっ、イイッ」

蜜壺はしとどにジュースを噴きこぼし、太竿をつかんで離さない。

「うっく……ぬう……」

健児の身体に射精の予兆が突き抜ける。乳洗いに始まり、パイズリフェラ、顔面騎乗と散々弄ばれ、怒張は火を噴く寸前だった。

「うああっ、浩子さん。俺もうヤバイかも」

「出そうなん？　よかよ、いっぱい出して」

「はううっ、それ……激しすぎ――」

「あんっ、ああん。健児くんのイクところが見たい」

口走る浩子は、ますます腰の振りを激しくする。

欲汁の溜まった結合部が、ぬちゃくちゃと水音を立てる。

「ハアッ、ハアッ。ぬああ……」

媚肉に包まれた肉棒は、中で一段と膨らんでいく。

そのとき浩子は意外な行動に出た。

「ああ、我慢できん。あたしの顔にぶっかけて」

健児がとまどう間にも、彼女は上から退き、結合を解いてしまう。

「ひ、浩子さん……⁉」

「健児くんの、オチ×ポが射精するのを見たいんよ」

離れた浩子は彼の股間に顔を側寄せ、手で扱き始めたのだ。

強い握りに健児は疑問に思う余裕もない。

「ぐはっ。そんなにされたら——」

「すごか。先っぽが、赤黒く膨れちょるが。ね、出して」

浩子の鼻先は、ほとんど亀頭に触れそうなほどだった。

「ああ、そんな——」

健児は天を仰《あお》ぐ。なけなしの理性は、女の顔に暴発するのを諌《いさ》めようとした。

だが、一方の浩子は容赦《ようしゃ》なく肉竿を扱く。

「ああん、オチ×チンのエッチな匂い」

「ぬああっ、ダメだっ。出るっ」

我慢などできるわけもなかった。健児は呻き声を上げながら、勢いよく精液を噴き出していた。

「ああっ……」

大量の白濁を顔に浴びた浩子は、感に堪えたようにため息をつく。

かたや女の顔に射精した健児は、背徳感に責め苛まれつつも、得も言われぬ解放感と征服の満足に包まれていた。

「ハアッ、ハアッ、ハアッ、ハアッ」

「いっぱい出たっちゃがね」

浩子は鼻先や顎から精液の雫《しずく》を垂らしながら、淫らに微笑みかけるのだった。

初体験の顔射に、果てた後も健児の興奮は収まらなかった。

「すみませんでした。気持ちよすぎてつい……」

それでもやはり女の顔を穢《けが》した罪悪感は免《まぬが》れない。

しかし、浩子は満足そうだった。

「あたしがお願いしたことやろ。なんで健児くんが謝るん？」

「ええ、ですが――」

「こげんとき銭湯は便利やな。すぐ洗えるし」

彼女は言いながら、シャワーの湯で顔の汚れを洗い流した。

銭湯の男湯で、異性とふたりでいるのは不思議な感覚だった。

健児は何の気なしに呟く。

「さすが、貸し切りだけあって静かだな」

すると、浩子は笑い声をたてる。

「そう、そうやろ」

そうして朗らかにしている彼女は、番台で見た無表情な女とは別人のようだ。年もいくらか若返ったように見える。

(きっと彼女は彼女なりに苦労しているんだろうな)

健児は銭湯の娘に対する見方を改めていた。就職で悩んでいる自分に引き換え、継げる家業がある浩子を羨ましく思うところもあったのだ。豊満な肉体に魅せられながらも、どこか不気味に感じていたことを申し訳ないとさえ思い始めていた。

「オチ×チン、汚れたままやが」

浩子がふと言い出し、健児は我に返る。

「はい……？」

確かにペニスは肉交し、欲汁をまとったままだった。

しかし、彼女は洗い流せと言っているわけではなかった。

「お風呂の縁に座って。あたしが綺麗にしてあげる」

「え……」

「ええかい、言うとおりにして」

浩子の目は、まだ劣情の炎を絶やしていなかった。鈍重にぶら下がる肉棒に熱い視線を注いでいる。

その迫力に気圧《けお》されて、健児は浴槽の縁に腰掛けた。

「もっと脚を開いて」

浩子は言いながら、彼の股間に割り込んでくる。

「浩子さん、その……」

「浩子をてげ気持ちよくさせてくれたオチ×チン、お口で綺麗にするかいね」

彼女は言うと、いきなりペニスを口に含んだ。

「はうっ、ううっ」

「んふうっ、健児くんのおつゆがいっぱい」

「きっ、汚いですから──」

白濁塗れの肉棒を咥えられ、健児は羞恥に呻く。しかも、彼女自身の愛液も混ざっているのだ。嫌じゃないのだろうか。

かたや浩子はウットリした表情を浮かべ、一心にしゃぶりついていた。

「んぐっ……じゅるっ、じゅぷぷっ」

「ふうっ、ううっ、浩子さん……」

すると、彼女はまだ満足していないのだ。健児は羞恥に責め苛まれながら、浩子の底知れない欲望に驚いていた。

だが、彼のそんな思いとは裏腹に、悦楽もまた深かった。絶頂したばかりの肉棒が敏感になっているせいもあるが、互いの体液の汚れも厭《いと》わない三十路女の性に、身体の芯が打ち震えるような悦びを感じていた。

「んぐっ、ぐちゅっ、じゅぽっ」

「ハアッ、ハアッ。おお……」

「んーふ、だいぶ綺麗になってきよった──」

お掃除フェラで肉棒の汚れを落とすと、浩子はさらに竿裏や陰嚢に舌を這わせた。

健児は股間で蠢く女の頭を見下ろし、愉悦に耽る。

「ううっ、ヤバイ。さっきより気持ちいい」

次第に肉棒がムクムクと鎌首をもたげていく。

浩子は股間に顔を埋めつつ口走る。

「あたしな、昔からこのオチ×チンが欲しかったんよ」

「昔、から……？」

「さっきボイラー室から声が聞こえちょったやろ」

「え……ええ」

「オナッとったん」

すると、やはり聞き間違えではなかったのだ。健児がひとりで入浴しているとき、壁一枚隔てて浩子はオナニーしていたという。

だが、驚くのはその後だった。

「内緒やけどな、排気ダクトから男湯が覗ける穴があるっちゃが」

「じゃあ――」

「そう。健児くんの裸を見ながらオナッとったんよ。健児くんがこっちにおったときから」

なんと彼女は覗き魔だったのだ。しかし健児が衝撃を受けたのは、そのこと自体ではなく、浩子が中学生の彼を見て欲情していたことだった。

(ロリコン……じゃなくて、ショタコンってやつ!?)

冷静に考えれば、彼女はとんでもない告白をしたことになる。銭湯の娘という地位を利用して、異性の裸を堪能していたばかりでなく、中学生男子の身体に邪《よこしま》な目を注いでいたというのだ。

もし、これがバレたら商売を畳まざるを得ないばかりか、一家揃って引っ越しを余儀なくされるだろう。

だが、欲悦に耽る浩子は、自分がいかに危険なことをしているのか、まったく気がついていないように見えた。

「じゅぷっ、んっ……ずっとこうしてしゃぶりたかったんよ」

「ぐふうっ、浩子さん……」

しかし、健児もいまや成人した健康な男子である。過去の瑕疵《かし》を持ちだして、現下の愉悦を退けようとは考えなかった。

「んふうっ、じゅるっ、レロッ」

「ハアッ、ハアッ」

男女の欲望とは、どこまで深いのだろう。帰郷して、セックスを覚えたばかりの健児は畏怖とともに、可能性の果てない地平に背筋がゾクゾクするようだった。

「浩子さんっ」

思わず彼は前屈みになり、両手で巨乳を揉みしだいていた。

「んんっ、あうんっ」

乳首をこねくり回され、浩子はくぐもった喘ぎを漏らす。

いまや肉棒は完全に硬さを取り戻していた。

「ぷはっ――ああん、また欲しくなってきちゃった」

「俺も……オマ×コが欲しい」

開き直った健児は、積極的に欲求を口にしていた。

すると、浩子はしゃぶるのをやめ、床にペタンと尻を据えた。

「挿れて。健児くんの硬いの」

「ハアッ、ハアッ。浩子さん」

健児も縁から下りて、彼女の脚の間に割り込む。

一度射精したとは思えないほど、亀頭は赤黒く張り詰めていた。

「ブチ込んでやる――」

スケベな女め。彼は心の中で呟き、怒張を花弁のあわいに突き込んでいく。

とたんに浩子は悦びの声をあげた。

「んあぁっ、きた」

「うはあっ、オマ×コがビチョビチョ」

「健児くんのチ×ポでブチ回して。グチャグチャにしてぇ」

エコーのかかった嬌声を耳にしつつ、健児は抽送を繰り出した。

「ハアッ、ハアッ、おおっ……」

「オマ×コが……ああっ、イイッ。きてぇ」

「ふうっ、ハアッ。ああ、締まる」

「オチ×ポのカリが……そうっ。いいわ、感じる」

浩子は淫語をわめき散らし、あられもなく身悶えた。

だが、健児が懸命に突けば突くほど、浩子の身体も頭のほうへズレ動いてしまう。濡れたタイルが滑るのだ。

それでも愉悦には勝てず、ふたりはしばらく奮闘していたが、どうにも思うようにならなくなり、ついに浩子が言い出した。

「脱衣所に行こう」

「うん」

結合を解く寂しさはあるものの、そうするしかなかった。先に立つ浩子の後を追って、健児もいそいそと浴場から出るのだった。

脱衣所に出ると、浩子は番台からバスタオルを持ち出し、床に敷いた。

「これでよか。もう滑らんけん」

「ですね」

健児は、横たわり誘う浩子の上に覆い被さる。湯気の立ちこめる浴場から出たためか、脱衣所の空気が肌に涼しく気持ちいい。

「では、改めて」

「来て」

飢えた肉棒が貪欲な蜜壺に突き刺さる。

「おうっ……」

「んはあっ、きた――」

媚肉は再会を言祝《ことほ》ぐように欲液を噴きこぼす。

抽送が始まった。

「ハアッ、ハアッ、ハアッ」

健児は女の太腿を抱え、太竿を抉り込んだ。

浩子も気持ちよさそうだった。

「ああっ、いいの……」

「奥まで……ううっ、締まる」

「もっと。あふうっ、イイッ」

滑りやすいタイルの上より、やはり具合がいい。怒張が媚肉に埋もれるたび、花弁は白く濁った泡を吐いた。

「ハアッ、ハアッ。おお……」

温もりの中で溶けてしまいそうだ。健児は腰を穿ちながら愉悦に溺れる。日常の些《さ》事《じ》はきれいさっぱり忘れていた。この瞬間は、純粋な快楽しかなかった。男女の営みにはそうさせてくれる力があった。

「あふうっ、健児くん。もっと」

一方の浩子もまた劣情に身を委ねていた。忙しなく息を吐き、わななく唇は、突き上げられる快楽だけに集中しているようだった。

「健児くん、きて」

彼女は言うと、健児の顔を引き寄せる。

「浩子さんっ」

唇が重なり、貪るようなキスが交わされる。

「レロッ、ちゅぼっ」

「んふうっ、はぷ――」

興奮の最中、浩子は愛おしげに彼の唇を食《は》む。

だが、まもなく呼吸が続かなくなる。

「ぷはっ……ハアッ、ハアッ」

起き上がった健児はまた抽送に励んだ。

もっと愉悦を。もっと快楽を。底なしに思える欲望がふたりの衝動を突き上げる。

正常位で物足りず、やがて健児が片方の脚を抱えると、おのずと浩子は横倒しになり、気付くと側位に転じていた。

「うふうっ、ああっ、奥まで届く」

「ううっ、浩子さんっ」

双方が互いの身体を抱き寄せ、夢中で腰を擦りつけ合った。

浴場から上がっても、結合部は水浸しだった。

「ねえ、また――後ろから欲しいの」

ふと浩子が言い出したので、健児は承知する。しかし、彼女は四つん這いにはならなかった。横寝のまま、ただ背中を向けたのだ。

「お尻から犯してほしいんよ」

「分かった」

健児は彼女の背中を抱きすくめるようにして、反り返った肉棒を尻から媚肉へ突き刺した。

「おうっ」

「んああっ」

後頭部を向けた浩子が悦びに呻く。

「浩子さん……」

正常位に比べ、挿入は浅い。奥まで突くには、腰をしゃくり上げるようにしなければならなかった。

だが、身体と身体の密着度は高かった。

「ハアッ、ハアッ、ハアッ」

健児は抉り込み、同時に抱き寄せる手で乳房を揉みしだく。

ふたつの刺激に浩子は身悶えた。

「あひいっ、イイッ……ああっ」

「ああ、チ×ポが──ヤバいかも」

「あたしも……オマ×コが、蕩けちゃいそう」

「このまま、イッてもいいですか」

健児は問いかける。背後からの側位は思いのほか肉棒を締めつけてくるのだ。奥底から射精感が突き上げてくる。

だが、高まりは浩子も同様なようだった。

「きて。あたしも──はううっ」

「いいんですか。いいんですね」

「うん。あっ、きて。イク……あたしもイキそう」

口走ると、彼女はふくよかな尻を押しつけてきた。

乳房を揉みしだく手にも力がこもる。

「ハアッ、ハアッ。うう、ダメだ出る……」

「出してっ、全部。中に」

「え……。いいんですか、本当に」

口では確かめつつも、腰の動きは勝手に速くなっていく。

「んああっ、いいの。健児くんの、いっぱい欲しい」

浩子は答えながら、居ても立ってもいられないというように身悶えた。

健児はラストスパートをかける。

「うおおおっ、浩子さぁん……」

「はひいっ、ダメ。イク――イッちゃううっ」

「ハアッ、ハアッ、ハアッ、ハアッ」

「オチ×チン……んああっ、イクううっ」

喘ぐ浩子が背中を反らした瞬間、蜜壺がギュッと締め付けてきた。

たまらず肉棒は熱いものを迸らせる。

「ううっ、出るっ」

「あふうっ、イクッ」

ほぼ同時に浩子も絶頂した。足指の先が反り返り、呻き声とともに全身を緊張させる。

「んはあっ、また――イイイイーッ」

悦楽の高波は二度、三度と襲いかかり、その都度彼女は声を嗄《か》らし悦びの声をあげた。

「あふうっ、うう……」

媚肉に搾り取られ、健児は満足そうに唸りつつ、抽送を収めていく。

やがて浩子の肉体も弛緩《しかん》していった。

「んああ……イイ……」

最後に長々とため息をつくと、彼女はうつ伏せに転がった。

その拍子に結合は外れ、プルンと出た肉棒が飛沫《しぶき》を散らす。

「ハアッ、ハアッ、ハアッ、ハアッ」

「ひいっ、ふうっ、ひいっ、ふうっ」

凄まじい絶頂にしばらく身動きもできない。手足をだらしなく投げ出し、呼吸を整える浩子の背中は満足そうだった。

「これで夢が叶ったわ。健児くん、ありがとうな」

悦楽を貪り尽くした後の彼女は意外なほどあっさりしていた。服を着直すと、そそくさと営業再開し、何食わぬ顔で番台に戻っていった。

一方、健児は彼女ほど割り切れなかった。肉交の余韻を拭えないまま、再び浴場で汗を流してから甲斐湯を後にした。

（今日は何だったんだろう――）

帰る際にも、番台の浩子は目も合わせようとしなかった。それが噂の立ちやすい田舎ゆえの態度だったとは理解しつつも、どこか虚しさも残る。

結局、浩子は銭湯の娘という立場から逃れられない運命なのだ。その点、まだ彼には選択肢があった。他人の境遇を羨んでいる場合ではないのだ。帰る道すがら、健児は決断のときが迫っているのを感じていた。

第五章　同級生・思い出の夜

ついに祖父が退院する日がきた。健児が迎えに行くと、病院ではナース達が祖父の快気を祝いつつ、別れを惜しんでいる様子が見られた。

入院中はセクハラ三昧《ざんまい》で迷惑がられていたはずなのに、実際は人気者だったのだ。

健児はこの二週間、いくつかの女性経験を経て、改めて祖父を見直すのだった。

明日には近県に住む叔母もやってくる。そうなれば彼はお役御免《ごめん》だ。宮崎から東京へ戻り、現実と向き合わなければならなくなる。

そんな折、友人達が健児の送別会を開いてくれることになった。

会場となる居酒屋には、例の岡村や田中を始め、中学の同窓生が六人集まった。うち三人は女子だった。

「津川ー、久しぶりやが」

「東京へ行ってキザになりよったんやなかと」

見た目はすっかり大人になった女子達も、健児に再会すると、気のおけないクラスメイトの顔に戻る。

乾杯の音頭は、言い出しっぺの岡村がとった。

「では、不肖《ふしょう》ながら私から乾杯の挨拶を――」

「せからしか。こっちは早よ飲みたいんじゃ」

田中が混ぜっ返し、一同は笑う。女子のひとりが言った。

「やけん、プチ同窓会やね。津川が帰ってきてくれたおかげやが」

「じゃがじゃが」

「かんぱーい！」

結局、挨拶はうやむやのうちに宴は始まった。

「――津川、知っとう？　レイコな、来年結婚しよっと」

「マジで？」

「ミーコ、やめてや。恥ずかしいやろ」

「相手は誰なん」

「それがな、十コ年上の社長さんなんよ」

「ミーコ！」

酒が進むにつれ、健児もお国言葉に戻って交友を楽しんでいた。

だが、一方ではどこか緊張もしていた。というのも、女子のなかに緒方理央《おがたりお》がいたからだ。

「ちょっと理央、あんた飲んでんの」

「うん、いただいてるよ」

中学時代の理央は、吹奏楽部で特に目立つ存在ではなかった。健児も当時はあまり意識しておらず、あくまでクラスメイトのひとりでしかなかった。

しかし、この日は別だった。なぜなら、玲奈先輩から聞いた「健児くんのことが好きだった子」とは、理央のことだったからだ。

（綺麗になったな――）

会話の合間にも、健児はつい彼女に目を奪われてしまう。

八年ぶりに再会した理央は、当時の面影を残しつつも、美しく変貌していた。短かった髪は伸び、痩せぎすだった身体も女らしく丸みを帯びている。二十三歳になり、メイクもしているせいか、グッと大人びて見える。

会話はいつしか、それぞれの近況報告となった。

「へえ、岡村はもう主任なんや」

「営業の世界は実力主義やかい。契約を取ったモンが偉かとよ」

「あんたは昔から図々しかけんな。似合うちょるわ」

「緒方はたしか信用金庫に入ったんよな。どげんなん、仕事は？」

急に話を振られた理央は、慌ててグラスを置いて口を拭う。

「どげん、って。普通やわ」

「田中は行ったことなかと？　理央は窓口の看板娘やもんな」

「ほう」

「そんなんやなか。まだまだ分からんことが多くて、怒られっぱなしやし」

謙遜してみせる理央を健児は好ましく思う。しかし、どうしてだろう。昔は特に意識もしていなかったのに、今日はやたらと彼女ばかりを見てしまう。自分のことを好きだったと聞かされたせいだ。

（でも、所詮子供の頃のことだし……）

玲奈先輩も、「好き『だった』子」と言っていた。それに女子が言うとおり、今の理央なら引く手あまたに違いない。

しかも、健児には引け目もあった。この日集まった同級生達は、一浪した彼を除いて全員社会人になっていた。大学受験に落ちて浪人が決まったときには、さほど気にしていなかったのが、今になって急に自分だけが取り残された気がする。

さらにタイミングの悪いことに、レイコが彼の近況を訊ねてきた。

「津川はどげんなん？　今年卒業するとか聞いとったけど」

「え？　ああ、まあ――」

健児が言葉を濁すと、代わりに岡村が話を引き取る。

「就職決まったっちゃろ。内定決まったとか言うとったが」

「えー、本当？　おめでとう。何するん」

「なんちゃらツーリストやな。一流企業やが」

これも答えたのは岡村だ。健児は口ごもる。

「い、いやまあ……。一流か分からんけど、全国に支店があるだけで――」

「すごいな。おめでとう」

「もう一回乾杯しようや。健児の就職を祝って」

「かんぱーい！」

同級生らは歓声を上げ、口々に祝ってくれる。

健児は彼らの善意を感謝しながらも、内心は少々気詰まりだった。内定が決まった旅行会社に就職するか、本心ではまだ迷っていたからだ。

「ありがとう。その……たいしたことやなかけん」

だが、祝福の嵐のなかでそれ以上のことは言い出せず、曖昧に誤魔化すと、気を紛らわすため酒に逃げるのだった。

そうして宴もたけなわになった頃、不意に理央が話しかけてくる。

「津川くん、どうしたん。よくない飲み方しとるよ」

「え……？　ああ、ごめん。なんか懐かしくなっちゃって、つい」

「お爺ちゃん、よかったね。無事退院できて」

「うん、ありがとう」

健児は胸の高鳴りを覚える。アルコールのせいだろうか。だが、理央はたしかに彼を気にかけてくれているようだ。

「緒方は——仕事楽しい？」

ふと訊ねると、理央は首を傾《かし》げて考える仕草をする。

「うーん、どうやろ。まだペーペーやし、楽しいか分からんわ」

ほかの同級生らは別の話で盛り上がっている。いつしか彼らは背景に退き、理央とふたりだけの世界になっていた。

「やけん、変わったな。久しぶりに町を歩いてビックリしたよ」

「駅やろ」

「うん、駅も」

「わたしは前のほうが好きやわ。町おこしなんやろうけど、今のはなんて言うか――あ、デザインやったら津川くんが専門やもんな」

「別に専門っていうわけじゃないけど、たしかにこの町に合わん気がするな」

「八年経てば、人も町も変わるけんね」

そう言って見つめ返す理央の瞳がきらめいていた。

彼女の言うとおり、あれから八年経ったのだ。「人も町も」変わって当然である。ましてや中学生の淡い恋心など、遠い記憶のアルバムに綴じたきり、とっくに色褪《あ》せているに違いない。

ところが、健児は言ったのだ。

「今から、少し一緒に町を歩かないか？」

酒の勢いもあっただろう。半ば衝動的に、ふたりで宴席を抜けようと誘っていた。

すると、理央は少しとまどう風だったが、心を決めたように頷いた。

「うん、行こう」

店を出たはいいが、並んで歩くふたりは交わす言葉も少ない。

「夜風が気持ちよかね」

「うん」

誘い出してみたものの、健児はどうするつもりか自分でも分からなかった。

そうしてそぞろ歩くうち、ネオンの灯りは途切れてしまう。繁華街と言っても、賑やかなのは商店街の一角だけだった。

やがて住宅地に差しかかり、健児はふと足を止める。

「津川くん？」

問いかける理央の声が心なしか震えている。

健児は正面から向き合った。

「あのさ、俺——」

「うん」

だが、その先が続かない。理央の瞳は街灯の光を反射してきらめいていた。何かを予感しているような、覚悟を決めかねているような表情だった。

（可愛い……）

衝動に駆られた健児は、いきなり理央を抱きすくめ、唇を奪っていた。

「んんっ……！」

驚いた理央は振りほどこうとして身をもがく。

しかし、健児は離さなかった。さらに唇を押しつけ、女の甘い息を貪る。

「理央……」

すると、ある瞬間から理央は抗《あらが》うのをやめた。押し返そうとする手が止まり、強《こわ》ばっていた身体から力が抜けていった。

「……ん」

彼女は受け入れたのだ。健児の胸は熱くなり、さらにきつく抱きしめる。

だが、舌を入れるまでには至らなかった。というのも、彼は理央の肩が小刻みに震えているのに気がついたからだ。

「緒方――？」

ようやく顔を離した健児は動揺する。彼女の目に涙が浮かんでいるのが見えたからだった。

「ごめん、俺……」

「ううん、ちがうんよ」

謝る彼に理央は懸命にかぶりを振る。

「わたしね、中学生のときから津川くんが好きやったけん――」

絞り出すように言うと、たまらず俯いてしまう。

可憐な告白に健児は罪悪感に苛まれる。先輩から聞いた情報を利用し、彼女の恋心を踏みにじってしまった気がする。

「緒方、本当にごめん」

ところが、彼の言葉を聞いて理央は抗うように顔を上げた。

「謝らんで。津川くんに謝られたら、初めてのキスが台無しやもん」

「え……？」

「津川くん、もうすぐ東京に帰るんよな」

「う……うん」

「その前に――思い出を作りたいの」

理央は涙ぐみながらも、真《ま》っ直《す》ぐに彼を見つめていた。

居酒屋を出るときは曖昧な考えしかなかった健児も、いつしか心から彼女が欲しいと感じ始めていた。

「俺ん家に行こう」

彼の提案に理央は小さく頷いた。

それからふたりは健児の家に向かった。実家には祖父が暮らす母屋とは別に、かつて健児が使っていた離れの部屋があった。

離れの鍵を開け、理央を招き入れる。彼自身、部屋に入るのは久しぶりだった。

「ここが、津川くんが使っていた部屋と？」

「うん。昔のまま変わっていないみたいだ」

六畳ほどの部屋には勉強机とベッドがあった。叔母がときおり訪れて掃除してくれていたらしく、当時彼が寝起きしていた頃のままだった。

理央は物珍しそうに室内を眺め回しているが、内心は落ち着かないのか、表情には不安そうな色も窺える。

「綺麗だ――」

「え？」

「気を悪くしないでほしいんだけど、緒方、本当に綺麗になったよな」

かつての健児からは考えられないような甘い言葉が口を突いて出る。

褒められた理央は恥ずかしそうに顔を赤らめる。

「そんなことない……」

「いや、本当だって」

おのずとふたりの距離が縮まっていく。

「東京には綺麗な女の子がいっぱいおるっちゃろ」

「そんなの関係ないよ。緒方のほうがずっと——」

「下の名前で呼んでくれんと?」

「理央——」

「健児……くん」

唇が重なった。だが、今度は双方から求めていった。触れ合った唇はやがて強く押しつけられ、ふたりの胸を昂ぶらせる。

「可愛いよ、理央」

「んっ……健児くん」

理央も懸命に応えようとするが、どうしてもぎこちない仕草になる。

(さっき初めてのキス、って言ってたよな)

彼女の物慣れない反応に、健児の胸は高鳴る。こんな可愛い子が、二十三歳までキスさえしたことがないと言うのだ。

愛おしさが募り、抱きしめる腕にも力がこもる。

「理央……」

健児の手は、彼女の背中へ回り、ワンピースのジッパーを下ろそうとする。

すると、理央がふと顔を離して言う。

「恥ずかしいけん、電気を消して」

「分かった」

答えた健児は照明を落とす。だが、何も見えなくなっては不自由なので、オレンジ色の暗い光だけは残しておいた。

「これでいい？」

「うん」

子供っぽい声で承諾する理央をそっとベッドに横たえさせる。

健児はその上に覆い被さり、頬にかかった髪を退けてやる。

「好きだよ」

「わたしも」

再び唇が重なる。今度は最初から健児は舌を伸ばしていった。

ところが、理央の歯は閉じられたままだ。抱いた細い肩も、筋肉が強ばっているのが分かる。

「理央——大丈夫だよ」

そこで健児は安心させるように髪を撫で、何度も優しくキスをした。

すると、理央もやがて緊張を解いていった。

「健児……くん……」

ついに頑なな関門は開いた。健児の舌が口内に忍び込む。歯の裏を舐め、誘うように深く突き入れると、理央もおずおずと舌を絡めてきた。

「ちゅぱっ、レロッ……理央」

「んっ……ふぁう、んんっ……」

目を閉じて、懸命に応えようとする彼女が愛おしい。

健児のキスはうなじへと移る。

「んはあっ……」

耳の裏をくすぐられると、理央はこらえきれなかったように吐息を漏らした。

感じ始めているようだ。自信を得た健児は、彼女の背中に腕を回し、改めてワンピースのジッパーを下ろす。

「んん……」

すると理央は身じろぎするが、今度は健児も邪魔をしたりしなかった。

やがて健児は顔を上げ、ワンピースを肩から脱がせる。

「お尻、上げて」

「うん」

衣服を剝ぐと、理央は下着だけになった。しかし、ブルーのブラジャーに対し、パンティーは白と上下がちぐはぐだ。出かけるときには、こんなことになるとは思ってもいなかったのだろう。

「恥ずかしいっちゃが。あんま見らんで」

理央はブラの上から腕を組み、太腿を捩り合わせて言う。少しでも隠したいという恥じらいの仕草だった。

だが、そのいじらしさが健児を一層興奮させる。

「緒方が――理央がこんなに綺麗だったなんて」

「あっ……」

健児は腕で隠しきれない膨らみの上に覆い被さり、キスの雨を降らせた。

「ふうっ、ふうっ。ちゅぱっ」

息を荒らげ、白い柔肌を堪能する。汗ばんだ理央の身体は芳《かんば》しかった。

帰省前は童貞だった健児も、この二週間で成長していた。そうして胸元を舌で愛撫しながらも、巧みにブラのホックを外し、腕の下から抜き取ってしまう。

「ああ……」

覆う布のなくなった理央は嘆声を漏らす。それでもトップだけは見せたくないというように、組んだ腕は離さなかった。

何しろキスも初めてという彼女のことだ。処女であろうことは、すでに健児も薄々感づいていた。

「理央、すごく綺麗だよ」

だから、力尽くではいかない。いったん胸から顔を上げ、安心させるように声をかけながら、優しく唇にキスをする。

「ん……好き」

応じる理央も情熱的だった。自ら舌を伸ばし、拙《つたな》いながらも懸命に絡めてくる。キスに慣れてきたというのもあるだろうが、そうすることで自分も思いは一緒だと伝えようとしているのだ。

(可愛いっ……)

なんと愛らしくもいじらしいのだろう。これまで積極的な女ばかり相手していた健児は、新鮮な喜びに感動を覚える。

ならば、なんとしても彼女の思いに応えなければならない。彼は再び胸に顔を寄せて口づけすると、今度は半ば強引に邪魔な障壁を取り退《の》けてしまう。

「あうっ……」

理央の葛藤が目に見えるようだ。好きな男に抱かれたい、しかし一方では全てを見られるのが怖いのだろう。

乙女の乳首は綺麗なピンク色だった。お椀型の丸い乳房にちょこんと佇《たたず》む控えめさが、彼女自身を表わしているようだ。

「理央、可愛いよ。理央――」

たまらず健児は尖りに吸いついていた。

とたんに理央は身悶える。

「はうんっ……」

「理央っ……理央」

繰り返し名前を口走りつつ、健児は乳首を舌で転がす。すると、怯えるようにうずくまっていた尖りが、徐々に硬く勃起していくのが分かった。

「ふうっ、ふうっ」

「レロッ、ちゅばっ」

理央の胸が大きく波打っている。初めての体験に不安を覚えているのか、あるいは女の本能が目覚め始めているのかもしれない。

健児は乳房にむしゃぶりつくと同時に、パンティーの内部へと手を伸ばしていく。

「イヤ……」

指先が恥毛に触れたとき、理央は弱々しい声をあげた。

「ダメぇ。そこは——」

すでに乳房への愛撫を許しながらも、本能的に最終防衛ラインを守ろうとする。

だが、健児は怯むことなく、さらに先へと攻め込んでいく。

「んむぅっ……」

指先が、ぬめりに触れた。濡れているのだ。理央は観念したように目を瞑《つむ》り、男の愛撫を受け入れていた。

健児は乳房から離れ、正面から彼女の顔を見つめる。

「ここ、気持ちいい？」

「う……」

愛らしい顔を真っ赤に染めた理央は、ハッキリと返事することができず、代わりにこくんと頷いた。

指は割れ目を這い、花弁や肉芽を捉えていた。

「理央を食べてしまいたい――」

思い余って健児が口走ると、彼女は言った。

「よかよ。健児くんにならわたし……んんっ」

「理央おっ……」

ふたりが中学生だった頃の教室が思い出される。当時、健児は先輩の玲奈に熱を上げていた。密かにクラスメイトの理央を可愛いと思うこともあったが、あくまで何番目かの存在であり、友人同士で交わす猥談でも名前を挙げることはなかった。

だが一度だけ、胸ときめかせる瞬間があった。それは体育祭の準備期間で、吹奏楽部の理央も放課後の練習に参加しなければならなかった。

普段の体育の授業では、着替えは男女別れて行われていたが、そのときは急ぐ必要があり、教室で女子は制服の下で隠しながら着替えに勤《いそ》しんでいた。

健児は友人達と駄弁っていたのだが、ふと顔を上げたとき、理央の着替えるところが目に入った。彼女はほかの女子と同様、制服で見えないようにしていたが、一瞬だけお腹と下着の一部を晒してしまったのだ。

（あっ……！）

思わず健児は声をあげそうになった。理央の白い肌と縦長の臍、白のスポブラが瞬時に目に焼き付いていた。

しかも、運悪くこちらを向いた理央と目が合ってしまったのだ。彼女は驚き、すぐさまお腹を隠すと、恥ずかしそうに俯くのだった。

あのときの彼女の目が忘れられない。当時の健児は嫌悪の目を向けられたと思っていたが、その頃理央は彼を好きだったのだ。

「可愛いよ、理央──」

古い記憶を思い出しながら、健児は白いパンティーに手をかける。

そして理央を覆うものは全て奪われた。

「はううっ……」

理央は耐えるように下唇を噛《か》んでいる。

一糸まとわぬ姿になった彼女は美しかった。恥じらう乙女も肉体はしっかり大人の女になっていた。

「ハアッ、ハアッ」

健児は身体を下にずらし、彼女の股間に割って入る。

「イヤッ……」

強引に脚を開かされた理央は、慌てて両手で秘部を隠した。

健児は興奮に駆られながらも、優しく声をかける。

「安心して。大丈夫だから」

「うん……」

そっと隠す手を退けると、理央も素直に従った。

処女の割れ目は可憐だった。性器に可憐という表現が適当か分からないが、少なくとも健児はそう感じた。

恥毛は薄く、粘膜も淡いピンク色だ。花弁は遠慮がちに佇んでおり、肉芽もそうと目立つほど大きくはない。

「エッチな匂いがする」

「イヤ……恥ずかしいっちゃが」

「大好きだ。ああ、たまらないよ」

健児は言うと、恥裂にむしゃぶりついていた。

「はううっ……ああ、ダメ。そんなとこ、汚いかい」

理央は身を捩り、盛んに恥ずかしがるが、興奮する健児には届かない。

「びじゅるっ、ちゅばっ、レロッ」

「んはあっ、あふうっ……んんっ」

必死にこらえようとしても、喘ぎ声が口から漏れ出してしまう。

そんな彼女がいじらしくも愛おしく、健児は無我夢中で口舌奉仕した。

「理央……ふうっ、じゅるじゅぱっ」

この二週間、何人もの女達に教わったことを全て出し切るのだ。

舌は肉芽を転がし、花弁をくすぐったかと思うと、蜜壺にも差し込まれた。

「ハアッ、ハアッ、びじゅるるっ」

すると、どうだろう。ついに理央は耐えきれなくなり、大きな声をあげたのだ。

「ああーっ、ダメえっ」

愉悦が恥じらいを超えた瞬間だった。彼女は身を反り返らせ、足を踏ん張るようにしながら、彼の頭を手で押し返そうとした。

「ダメ……んああっ、おかしくなっちゃう」

「いいんだよ。おかしくなって」

「やけん……あんっ、どうしよ。わたし——」

なおも健児が舐め続けると、理央は太腿を思い切り締めつけてきた。

「じゅぱっ、じゅるっ。理央、素直に身を任せるんだ」

「あっ、ああっ。健児くんっ、健児くぅん……」

愛しい人の名前を叫んだ理央だが、次の瞬間息を呑んだ。

「んはううっ……イイイイーッ！」

尻が持ち上がるほど背中を反らし、全身をガクガクと震わせる。牝汁を噴きこぼす媚肉も同時にヒクついていた。

「……あっ。あかん……」

最後にひと言漏らすと、そのままガクリと脱力してしまう。

イッたのだ。二十三歳の処女が、健児のクンニで絶頂したのである。

「理央──」

彼は感無量の思いで顔を上げて確かめる。

理央はグッタリとして荒い呼吸を整えていた。

「ひいっ、ふうっ。どげんしたと、わたし──」

「イッてくれたんだ。うれしいよ」

「健児くん」

見つめる理央の目に涙が浮かんでいた。彼女自身、感動したのだろう。健児はその涙をすくい取るように、そっと頬にキスをした。

理央が絶頂した後、しばらく小休止があった。

「健児くんに恥ずかしいとこ見られちゃったな」

「いや、とても綺麗だったよ。それに俺もうれしいよ」

「女の子が気持ちよくなると、男の人もうれしかと？」

「うん——ところで、ひとつ聞きたいことがあるんだけど」

「なに？」

「もしかして……男とその——こういうことするの、初めて？」

先ほどまでの反応を見れば明らかなのだが、彼は確かめずにはいられなかった。

理央は潤んだ目で真っ直ぐに見つめ返してくる。

「うん。わたし、言わんかったっけ」

「あ……けど、俺でいいの」

「健児くんがよか」

彼女は言うと、照れ隠しか自らキスを求めてきた。

「ああっ、理央」

健児もたまらず唇を貪る。「健児くんがよか」。これほど男の自尊心をくすぐる言葉があるだろうか。もはやこれ以上は我慢できない。

「理央が欲しい」

健児は口走りつつ、パンツを脱ぐ。逸物は青筋立って勃起していた。

一方、初めて男根を目にした理央は怖れをなす。

「てげ大きいっちゃが――」

「食いついたりしないから大丈夫。触ってごらん」

健児は彼女の手を取り、自分の股間へと導いた。

彼女の細い指が、恐る恐る硬直に触れる。

「硬い……。男の子って、みんなこんななると？」

「理央が可愛くてたまらないからだよ。興奮してるんだ」

健児は説明しながら、自分も手を伸ばし、割れ目を弄った。

先ほどの絶頂で理央もすでに敏感になっている。

「あふうっ、ダメ……また変になっちゃう」

「今度は一緒におかしくなろう」

「ああ、健児くんっ」

理央は肉棒を手放し、腕を巻き付け抱きついてきた。ついに来たるべきときが来たと覚ったのだろう。

「理央……」

その流れで健児は彼女の上に乗り、両脚を開かせて割って入る。

怒張は期待によだれを垂らしていた。

下で見上げる理央は不安の色を隠せない。

「優しくしてね」

「もちろん。大好きだよ、理央」

逸る心と闘いながら、健児は慎重に狙いを定め、花弁のあわいに差し込んだ。

「あうっ……!」

とたんに理央が苦しげに呻く。

さすがに健児も心配になる。何しろ相手はバージンなのだ。

「痛い?」

「うう……うん、平気やが」

強がる彼女がいじらしい。しかし、だからこそ健児は男としてやるべき事を完遂し

なければならないのだ。

「理央ぉ……ふうっ」

少々引っかかりを覚えつつも、彼は肉棒を奥まで突き刺していた。

理央はギュッと目を瞑り、彼の腕をつかんで耐える。

「うっく……ふうっ」

「入ったよ、理央」

健児が声をかけると、彼女はうっすら目を開けた。

「本当？」

「うん。痛かった？」

「ううん、思ったほど……。うれしい」

ようやく理央に笑顔が戻る。だが、その目には涙が浮かんでいた。

「やっと──やっと健児くんと繋がれたんやな」

「理央……」

「最後までして。お願い」

健児は、このときの彼女ほど美しいものは見たことがなかった。乙女の一途な思いが痛いほど感じられ、胸を鋭く抉るのだった。

「じゃあ、動くよ」

彼は言うと、慎重に腰を動かし始めた。

「ふうっ、ふうっ」

「うっ……うう……」

だが、やはり痛いのか、とたんに理央は顔を顰《しか》める。

「大丈夫？　やめたほうがいい？」

彼女を傷つけたくない。そんな思いが健児を不安にさせる。

だが、破瓜《はか》を果たした女の覚悟は固かった。

「あかん。やめないで……ふうっ。ああっ、やけどだんだん、大丈夫になってきたみたい」

「本当に？」

「ホントに本当。んっ、ふうっ。楽になってきた」

口舌奉仕での絶頂のおかげでこなれてきたのか、言葉通り、彼女の身体から強ばりが解けていくようだ。

愛しい彼女を苦しめているのではないと分かると、健児も俄然やる気になってくる。

「ああっ、理央。大好きだ」

彼は太腿を抱え、本格的に抽送を繰り出した。

理央は彼の劣情を全身で受け止める。

「わたしも――健児くんが大好きっ」

まだ健児は様子を見ながら腰を振っていた。それでも肉棒は処女の媚肉に包まれ、天上の歓びに打ち震えていた。

やがて理央の息遣いにも変化が現れ始める。

「ふうっ、ふうっ。んふうっ……」

痛みから気を逸らせるようだったものが、漏れる息に甘さが混ざってくるようになったのだ。

「理央っ、ハアッ、ハアッ」

「んんっ……ああん」

そしてついに呼吸は喘ぎとなった。

理央はふと目を開ける。

「健児……くん、わたし――なんか……」

「理央？」

「ああっ、分からん……けど、気持ちよくなってきたみたい」

乙女はいつしか破瓜の痛みを乗り越え、女の悦びに目覚め始めていた。

それを聞いた健児は喜び勇んだ。

「本当に？　──ああっ、理央おっ」

「健児くぅん」

もはや遠慮する必要はなくなったのだ。彼は理央の順応性に驚きつつも、それまで遠慮がちだった腰の振りを大きくした。

「ハアッ、ハアッ、ハアッ」

彼女の太腿を抱え、尻を持ち上げるようにして太竿を突き立てる。

理央は身悶えた。

「はううっ……あんっ、健児くん、健児くん」

「もう痛くないの？」

「うん。平気」

「気持ちいい？」

「うん……はううっ、健児くん激し──」

彼女が胸を反らすと、お椀型の乳房がぷるんと揺れた。ピンク色の可憐な尖りが愉悦を表わすように天を指す。

「理央っ……」

健児はたまらず乳首にむしゃぶりついた。

「あふうっ、ダメえっ。健児くんのエッチぃ──」

「ちゅばっ、るろっ」

背中を丸め、芳しい肌に鼻を埋めて舌で転がす。

「あんっ、ああん、イイッ」

「ハアッ、ハアッ。ちゅばっ」

遅ればせにほころんだ蕾《つぼみ》は、満開に咲き誇るのも早かった。理央は愛しい男の頭を胸に抱き、歓喜に喘ぎながら、今まさに女になったのだ。

貪る健児も、その喜びはひとしおではない。

「ハアッ、ハアッ、ハアッ。おおっ、理央ぉ……」

再び顔を上げ、抽送に集中しながら、自分の愛した女を見つめる。こんなに美しい女性に気付かなかった過去の自分が愚かに思えてくるほどだ。肉棒から迸る先走りはもはや劣情のためだけでなく、募る愛おしさへの証となっていた。

「ああーっ、ダメえっ。また──」

不意に理央は息を呑み、恥骨を押しつけてきた。

その拍子に蜜壺が締めつけてくる。

「くはあっ……ダメだ、理央。出ちゃう」

「ああん、はうっ……一緒に──一緒にイッて」

口走る理央の手が、彼を求めて二の腕を捕まえてくる。

肉襞を滑る太竿は限界を告げていた。

「うわああっ、好きだ。理央おおおっ」

もはや遠慮はなく、健児は無我夢中で腰を打ち付けた。

とたんに理央も喘ぎ悶える。

「はひぃっ、イイッ……イクッ、イッちゃううっ」

「ハッ、ハッ、ハッ、ハッ」

「んっ、んんっ、はううっ、あああっ──」

「ぬあっ……出るっ！」

ひと足先に火を噴いたのは肉棒だった。射精の快感は健児の全身を突き抜け、怒濤《どとう》となって膣内に放たれた。

そのすぐ後に理央も続く。

「はひっ……んあああーっ、健児くぅぅぅん！」

二の腕を握る指が爪を立て、彼の肌に食い込んだ。思い切り背中を反らし、広げた脚は踏ん張るように足指がシーツをつかむ。

「ダメえっ、あふうっ……イクうううーっ！」

絶頂の波は何度もぶり返すようだった。振り絞るような喘ぎとともに、媚肉が繰り返し肉棒を食い締める。

「くはあっ、ううっ……」

残り汁を吐き出すと、健児は大きく息をつく。抽送は止んでいた。

一方、理央もようやく収まったのか、全身から力みが消えていく。

「あああ……」

白い肌に汗を浮かべ、気怠《けだる》そうに呼吸を整える彼女は艶《あで》やかだった。繋がる前とは別人に思えるほど、その肉体からは色香が放たれているようだった。

「理央」

「健児くん——ありがとう」

全てを終えるとふたりは見つめ合い、キスを交わした。理央の感謝の言葉は健児の胸に深く突き刺さり、決して忘れ得ぬ思い出を残した。

やがて肉棒が抜かれたとき、花弁は別れを惜しむように白い涙をこぼすのだった。

その数日後、健児が東京に帰る日がきた。駅には飲み会に集まった同級生達も見送りにきてくれた。

「また正月には帰ってくるっちゃよ」

「宮崎の魂ば忘れよったら承知せんばい」

「てげてげでよかっちゃけん。てげてげでな」

皆口々に別れを惜しみ、エールを送ってくれた。

集まってくれた中には理央もいるが、特別な感情を表わすことなく、ほかの皆と同じように快く送り出してくれた。

「宮崎と東京で離れとるっちゃけど、お互い頑張ろうね」

すると、もう割り切ったというのだろうか。だが、彼女は処女を捧げたのだ。きっと自分の感情を内に秘めたまま、彼を思って笑ってくれているのだろう。

健児は最後に皆に向かって言った。

「今度帰ってくるときは、俺も社会人やけん、またみんなで飲もうな」

そうして電車に乗り込み、生まれ故郷と別れを告げたのだった。

帰路につく健児の心は晴れていた。宮崎で再会した人たちは、誰もが悩みを抱えながらも今を生きていた。

理央とのことも決して忘れないだろう。彼女の見せてくれた勇気と健気《けなげ》さこそが、迷っていた彼の背中を押してくれたのだ。健児は、ひとまずは旅行業界で頑張ってみようという気になっていた。

（了）

※本作品はフィクションです。作品内に登場する
団体、人物、地域等は実在のものとは関係ありません。

蜜《みつ》濡《ぬ》れ里《さと》がえり

〈書き下ろし長編官能小説〉

2021年9月13日初版第一刷発行

著者……………………………………………伊吹功二

デザイン………………………………………小林厚二

発行人…………………………………………後藤明信

発行所……………………………………株式会社竹書房

〒102-0075　東京都千代田区三番町8-1

三番町東急ビル6F

email：info@takeshobo.co.jp

竹書房ホームページ　http://www.takeshobo.co.jp

印刷所……………………………中央精版印刷株式会社

■定価はカバーに表示してあります。

■落丁・乱丁があった場合は、furyo@takeshobo.co.jpまでメールにてお問い合わせください。

竹書房ラブロマン文庫　近刊目録

※価格はすべて税込です。

好評既刊

長編官能小説
とろみつ図書館
桜井真琴　著

美人司書の美月に惹かれ図書館で働く青年は、熟女職員や人妻にも誘惑される快楽の日々を…。傑作性春エロス！

770円

長編官能小説
みだら指南塾
北條拓人　著

男の性欲能力が大きく失われた世界で、青年は美女教官から女の悦ばせかたを熱く学ぶ…。誘惑ハーレム長編！

770円

長編官能小説
南国ハーレムパラダイス
河里一伸　著

沖縄のビーチでバイトする青年は水着美人たちに誘惑され、快楽の日々を…方言美女との常夏ハーレムロマン！

770円

長編官能小説〈新装版〉
ゆうわく海の家
八神淳一　著

海の家でひと夏のリゾート仕事にいそしむ青年は水着美女たちに誘惑され、肉悦の日々を…。水着エロスの金字塔。

770円